**支持单位**

成都市文学艺术界联合会

**出品单位**

四川师范大学文学院
成都市李劼人研究学会

# 四川新文学大系

## 诗歌编 ·第二卷·

| | |
|---|---|
| 总　编 | 王嘉陵　刘　敏 |
| 副总编 | 张义奇　曾智中 |
| 本编主编 | 段从学　王学东 |
| 副主编 | 邱域埕　蒲小蛟 |

四川文艺出版社

**图书在版编目（CIP）数据**

四川新文学大系. 诗歌编：共四卷 / 王嘉陵，刘敏总编；张义奇，曾智中副总编；段从学，王学东主编；邱域埕，蒲小蛟副主编. — 成都：四川文艺出版社，2024.8

ISBN 978-7-5411-6545-0

Ⅰ. ①四… Ⅱ. ①王… ②刘… ③张… ④曾… ⑤段… ⑥王… ⑦邱… ⑧蒲… Ⅲ. ①中国文学－现代文学－作品综合集－四川②诗集－中国－现代 Ⅳ. ①I218.71

中国国家版本馆 CIP 数据核字（2023）第 216283 号

SICHUAN XINWENXUE DAXI · SHIGEBIAN（DIERJUAN）

## 四川新文学大系·诗歌编（第二卷）

总编　王嘉陵　刘　敏　副总编　张义奇　曾智中

本编主编　段从学　王学东　副主编　邱域埕　蒲小蛟

出 品 人　冯　静
策划组稿　张庆宁
书稿统筹　宋　玥　罗月婷
责任编辑　任子乐　罗月婷
封面设计　魏晓舸
版式设计　史小燕
责任校对　段　敏　付淑敏
责任印制　桑　蓉　崔　娜

出版发行　四川文艺出版社（成都市锦江区三色路 238 号）
网　　址　www.scwys.com
电　　话　028-86361802（发行部）　028-86361781（编辑部）

邮购地址　成都市锦江区三色路 238 号四川文艺出版社邮购部　610023
排　　版　四川胜翔数码印务设计有限公司
印　　刷　成都东江印务有限公司
成品尺寸　148mm×210mm　　　　开　本　32 开
印　　张　40.125　　　　　　　　字　数　810 千
版　　次　2024 年 8 月第一版　　　印　次　2024 年 8 月第一次印刷
书　　号　ISBN 978-7-5411-6545-0
定　　价　218.00 元（共四卷）

# 编选凡例

一、本书收录 1915—1949 年间的四川籍诗人及非四川籍诗人寓居四川期间创作的现代新诗。

二、本书所谓川籍诗人，包含两种情况：第一是本人出生地为四川者；第二是虽出生于外省，但后来定居四川者。

三、极个别生平无法考辨，但从刊物出版等情形，可断定为川籍诗人者，亦酌情收录。

四、本书所说的"四川"，包含当时曾经是独立存在的行政区域，中华人民共和国成立后并入四川的西康省，以及当时属于四川，但现在是独立行政区域的重庆市。

五、酌情收录通俗新诗作品，但不收录同时期的古体诗、散文诗和民间歌谣。

六、对成就知名度较大，且其诗作出版流传较为广泛的诗人，挑选稍严，以收录精品和代表作为原则；对知名度不高，但确有特色的诗人，则稍为放宽尺度，以便反映现代四川新诗创作的历史面目和成就。

七、部分曾在 1949 年之前发布新诗作品，但主要成就和影响集中在 1949 年之后的当代诗人从略。

八、除了少量因故未能找到初版本者，本书选录作品，以最初发表或出版的版本为依据。部分原刊字迹模糊者，也从单行本或其他版本转录。

九、原书、原刊字迹不清等特殊情形，以页末注释等形式加以必要的说明。

# 目录

# 方　敬

|作者简介|　　方敬（1914—1996），四川万县（今重庆万州区）人，原名方家齐，笔名夷吾、易水、杨番、一无、裘珍等。1933 年考入北京大学外语系，在校期间开始在《文学季刊》《文季月刊》《新诗》《大公报》等报刊发表作品。全面抗战爆发后回到成都，参加中华全国文艺界抗敌协会，与何其芳、卞之琳合编《工作》半月刊。中华人民共和国成立后，在西南师范学院（今西南大学）工作，后任《西南文艺》《红岩》编委，四川省文联副主席等职。著有诗集《雨景》《声音》《行吟的歌》《受难者的短曲》《拾穗记》，散文集《风尘集》《生之胜利》《保护色》《记忆与忘却》，诗文集《方敬选集》等。

## 都市鸟

都市鸟折合鼓圆的双翼
下了，载不动沉重的空气。
它嗅熟都市辛锐的煤烟味，
虽常有一点暴燥和一点郁闷，

它知道如何珍爱它的心情：

        不想飞。


圆柱形的屋脊驮着它的栖止，
劳顿的歌喉忍受曲调的难产，
它闭了眼，如酣眠在过去里。
近晚的风涤净它遍体的华羽，
它感到一些寒冷和一些兴奋，

        想飞。


七月廿三日万县

选自方敬：《雨景》，文化生活出版社，1942 年

# 阴　天


忧郁的宽帽檐，
使我所有的日子都是阴天。


是快下久旱的雨？
是快飘纷纷的雪？
我想学一只倦鸟
驮着低沉的天色
飞到温暖的阳光里。


我要走过一块空地

去访我的朋友。
我要到浓荫下
去访我亲切的记忆。
我是夏天的梦者。

忧郁的宽帽檐
使我所有的日子都是阴天。

三月三日

选自方敬：《雨景》，文化生活出版社，1942 年

## 假 日

玻璃片上的寒气组合又消散，
时钟的滴嗒声急躁又松弛，
她合上刚翻开的恋歌集，
她噙着一句快脱口的独语。

从包糖果的旧报纸上，
她看见美容膏的广告；
从蒙着薄尘的圆镜里，
她研究着自己脸上的黑痣。
（假如是在十八世纪的欧罗巴，
那是多么美丽的一点。）
蓝空中有飞机在盘旋，
掷瓶的小姐是幸福的。

柏油路上汽车的喇叭声过去了，
剪彩的夫人是光荣的。
可不是她忽然想起明天，
明天要去赴一个冰场的开幕礼，
明天要拿着剪子剪断一根红绳。
（红绳系足的故事她早模糊了。）
她骄傲于自己柔美的手，
那是替前方战士缝过冬衣的，
高擎过写着救亡口号的纸旗的手。
身在海外的朋友曾经说：
"爱情是把锋利的刀子，
我们虽不躲避它，也不要接近。"
她回："还是信任友谊吧，
它萌芽，滋长，繁荣，永无止境。"

然而它的灵魂在寻找窗户，寻找门——
门上没有一点声音，真够静，
窗外一个沉默的影子走过了，
她的步履在地板上絮语着。
最后她望着走廊微笑了，
心想："上哪儿去，上哪儿去呢？"

十二月廿一日

选自方敬：《雨景》，文化生活出版社，1942 年

# 炉

我脱下大衣，
像归舟折下风帆。
（大衣也卸了风霜。）
我欢呼："港口，港口。"
冬的港口呵！
我带回了雪的想象，
我带回了冰的回忆。
想象为你的光照亮了，
回忆为你的热温暖了。
光，热，空虚。
想象，回忆，空虚。
这儿空虚向空虚礼敬，
这儿空虚与空虚握手。
从此我不愿穿上我的大衣，
因为风霜使它变得古怪，
它使我变得更古怪。

十二月廿二日，一九三六

选自方敬：《雨景》，文化生活出版社，1942 年

# 圆与线

多少年，一个圆，
人造的小天地，
囿快乐，囿悲哀，
囿远古的人生，
而今落到后人的手里，
被珍视！被赏玩，
环连着两代人的心。

多少里，一根线，
把情感往远处牵，
让哀乐去奔驰，
去缢死或伸长，
而在风晨雨夕，
又以依稀的轻颤，
系着两地人的心。

一个这样小小的圆，
一根这样细细的线，
便永远替人生
打下一个难解的结。

四月十三日，一九三七，北平

选自方敬：《雨景》，文化生活出版社，1942 年

## 骡 车

今夜，
你这风尘的远客，
又匆促地来我窗下，
喘一口气驻足了。
伴我沉思的
半明的孤盏
昏照着你露天的逆旅，
和你庞然的暗影。
从无尽的路，
走向无尽的路，
你已疲乏了吧。
感谢你一分劳力，
给我们添一分舒息，
像战士的一颗子弹，
给我们添一分自卫力量。
不用叩问你的行径，
这早已默契于心，
你是任重致远的。
把长征的踪迹留在这里，
你又匆促地走了，
而这时我无眠的沉思，
也正从无尽的路，

走向无尽的路，

一条真理的路呵。

让星月的光辉前导，

让我的沉思前导，

你这风尘的过客

远去，远去……

一九三九年春

选自诗集《声音》，工作社，1943 年

## 古城的歌

转呵，终日不倦地转呵，

水磨用古老的调子

孜孜的唱着劳动的歌，

生产的歌，

赞美这新的时代，

对来往在

修长的白石桥上的

行人、车辆，

愉快地吐露着自己的愿望，

而它也负有我们的愿望呢。

转呵，巨大的橡皮轮子，

永不停留地转呵，

辎重汽车，

用机械的旋律，

力的音节，

向这古老的小城，

向城里淳朴的居民，

唱着时代的歌，

唱着它的愿望，

而它更带走了我们的愿望呢。

三月五日

选自方敬：《声音》，工作社，1943 年


## 路


后方的崎岖道上，

作一辆破敝酒精卡车的乘客，

我浏览活动无尽的山光，

手里玩着小块蓝色硬纸车票，

这好像是从前门车站买来的，

当年在津浦车厢里，

我曾兀自玩着这样一块，

一面凭窗眺望自由的原野……

你，道旁的石工，

我爱你那砸碎一块石头时的微笑，

砸呀，用力砸呀，

中国正需要宽大的公路，

正需要以集体劳力去发展交通，
去构成一袭密密的网络，
按着津浦、粤汉、北宁……
去捕捉人类的豺狼。

载重汽车的司机紧捏着喇叭。
"老乡，你也使劲抽吧！"
于是鞭哨响得更急了，
骡子也昂昂头，
徒步的新兵行列不住地前进……

前进，一切都前进着，
骡蹄，车轮，足步，
沿途压下希望的花纹，
一切都前进着，
每条路都通到胜利
通到南京、北平、东北……

十一月十二日

选自方敬：《声音》，工作社，1943 年

# 村　景

海边，路旁，屋前屋后，
整个小小的村庄，

豆秆堆成了一座座的塔，
麦茎铺成一块块的地毯，
镶衬着几席蚕豆，
几堆从海里捞起来的青苔，
转，老转，牛在坝里拖着石碾，
风车不停地奏着劳动的军乐。

打连杆的打连杆，
拨齿耙的拨齿耙，
扬簸箕，舂石臼，
扁担，镰刀，都动员了，
好一个严整的劳动阵容，
人忙，生产工具也忙，
忙得起劲，也忙得对劲，
牲口有刍秣，人民有食粮，
村庄一年四季才好安生。

那边海水笑起了红潮，
仙人掌短篱绽开黄花，
魁楼剥落的琉璃瓦，
给艳阳镀上了黄金，
门前拴着的怒马引颈长嘶，
石榴花，木香花，红红白白，
一阵阵海风，一阵阵腥味，
夹着强烈的牲畜气息。

忙活的时候卖了劲，

歇住也特别痛快。

渴了不妨在茶桌前坐坐，

坐坐，边喝边想自己的命运，

边瞧亲手毕生经营的村庄，

你笑了，不再只是梦想，

历史已注定未来属于你们。


不饰一点浮夸，

是何等古典的手法！

你们安排，你们布置，你们创造，

以世代的劳力建立起来的村庄，

够多简朴，够多单纯，够多美。

它是血汗的具体形象，

永恒不朽的神圣的碑石，

铭刻着悠久的痛苦的回忆，

更启示着未来的美景良辰。


选自方敬：《声音》，工作社，1943 年


## 自耕农


一排原始的尖锄，

交错地起落，

闪着火花，冒着金星。

翻造大地，分外有精神，

像爱人俯吻的身姿，
你们恋着土地。
热汗变成力，
力变成生命。
先用眼光的暖流灌溉，
把田野精制成画图，
你们古拙的手美化了山川，
使自然折服于人工。

我们那边乡下也一样美，
可是四季分明，劳逸也分明。
蓬头，垢面，一身泥土，
农人栽种五谷真够香，
但他们以天空一样的坦白，
土地一样的诚实，
去喂养地主自私的
贪婪无餍的大肚囊。

你们虽是自耕农，
但两块薄田，
怎能养活繁重的家口！
催粮的逆耳的锣声，
给原是阴暗的生活
添一层阴暗，
更捏皱了眉头，
勒索去了板带里仅存的钱票，
你们莫可奈何地感到悽酸……

自耕的意思管多美多甜，

你们也不能尝到那滋味。

如果大家都靠自己的劳力过活，

这世界准会变出一个新面目。

但愿将来有一天，

在满杯的市酒里，

满碗的红饭里。

欣见自己的丰年。

选自方敬：《声音》，工作社，1943 年

## 赶街子


喂，赶街子去吧，天真好，

老这样好天——可是你拿上伞没有？

不然带着雨衣也行，这儿天气变得

真快，可不，大太阳也下雨，说不准

刚撑开伞又停住了，你不是老嚷

一天换几次衣服够麻烦劲吗？

赶街子，赶街子，五日里才一次热闹，

才给寂寞的心添点愉快，

才让静水里起点涟漪，去吧，

趁早去吧。街子已从街上疏散到

树林的空地里，自从学校由省城

疏散到了村里（很多村舍都作了

教室寝室，整个村庄都好像
学校的园地）——你瞧，那边来了，
慢慢地，瞧，男的挑着扛着，
女的提着，快成人的孩子背上背着
来了，从四近的乡下来了。
拿着大水烟筒的老头儿也来了，
手上还牵着小孩儿，驮着干柴的
骡子也来了，瞧啦，草鞋，小毛辫，
皮坎肩，蓝布头帕，红疙瘩瓜皮，
黄泥裤管都到齐了，还有苍蝇
也没有忘记来赶热闹，摆开板凳，
摆开木板，草纸，粗布，土肥皂，
成饼的红糖，成块的盐巴……
少许杂一点洋货，钢针，磁盘，
Cotab牌的安南香烟……
地上堆着当柴烧的松枝松毛，
老婆婆守着一篮蕨蕨或马樱花，
这些，这些及时凑合的人和物，
都靠着一层乡土的本色，一层土，
土，这儿春天也跟北方一样，
老刮风，刮起满天的土，
唉，大家都风尘仆仆，
习惯地交换需要，交换心思，
交换意欲，也就这样单调地
交换了一生，唉，一生真容易过！
"鸡蛋格要两毫一个，这样贵！"
"给几文？这世道样样都贵，

米卖滇票六七十元一升。"
可不是变了，你瞧，变了，
戴眼镜穿西装的老师
也来赶街子来了，"老师，要哪样？"
把希望放在欢迎的微笑里。
要交换了言语与人情，常识与经验，
才会有新的生活。然而历史老师
看见有人以菜子交换菜油，
匆匆逛了一趟，空手回到家里，
感慨地温习着人类的经济史，
由交易到货币，又由货币到交易，
由近代的街子憧憬上古的"以物易物"。

选自方敬：《声音》，工作社，1943 年

## 记　忆

我记忆的火光
给照出一幅地图，
几座山，几道溪，
几条走过的路，
有北方的气息，
南方的气息，
各地混合的气息，
我脚下的土地始终是他乡，

家乡一样亲切的他乡。

一片叶呼应着一阵风，

一些陌生的地方

在遥遥地诱召我的心，

我日日都在扩大我的地图，

在扩大我正在扩大的心灵。

十一月廿三日。

选自方敬：《行吟的歌》，文化生活出版社，1948 年

# 月　台

这月台是聚是散，

是终点又是起点，

是暂避风雨的路檐，

千百种姿态是一致的，

一致的是那沉默的痛苦，

从马来亚带来的伞是沉默的，

从新嘉坡穿来的裙是沉默的，

从缅甸拖来的皮屐是沉默的，

沉默地述说着同一悲伤的故事。

以艰苦的古民族的人的姿态，

多年侨居在凶险的海外，

任印度洋的季候风吹，

任热带的炎阳晒，

像移植的树木

坚强地生长在异域。

而在暴风雨的昨夜，

你们脚底带着

南洋群岛的泥土，

不顾一切扑向自己的祖国。

你们深褐的皮肤

染着殖民地人的屈辱，

你们深沉的眼睛

燃烧着殖民地人的愤怒，

你们心里更寄托着

殖民地人战斗的意志。

虽说流亡的路途是长的，

而你们一跨进国界，

便重新是自由的人，

而我们你们的每个弟兄，

都连忙打开心房的门来迎接。

十一月廿四日。

选自方敬：《行吟的歌》，文化生活出版社，1948 年

## 风雨夜

今夜暴风雨摇撼我的小楼

像船。大海藏着暗礁，掀起了

汹涌的浪涛，密密包围了我，

我凝注着那指示方向的眼睛，

那劈划黑暗的巨手，我的船呵，

你服从我的舵吧，那不挠的意志。

我躺在这小楼上，像躺在

惊涛怒浪平静后的沙滩上，

我想起了一个伟大人格的成长。

我想起了真理，更想起了

为真理而百般受磨折的灵魂，

无辜的迫害，逮捕，监禁，与死亡，

我更看见了把人类从苦难中

拯救出来的不朽的光焰。

高飞的翅。远航的帆。

引人远瞻遐想的天空。

我想起北方南方一切我走过的地方，

我想起了我的友与敌，爱与憎，

我想起一些过去的长长的阴暗的日子，

"要投到光明世界却是一件难事。"

十一月廿五日

选自方敬：《行吟的歌》，文化生活出版社，1948 年

# 方　然

| 作者简介 |　　方然（1919—1966），安徽怀宁人，原名朱声，笔名朱传琴、朱传勤、穆海青、柏寒等。1938 年到延安，入陕北公学学习。1940 年考入内迁成都的金陵大学中文系，后加入平原诗社，参与创办《呼吸》，并任主编，作品多见《力报》《文学月报》《呼吸》《希望》等刊物。中华人民共和国成立后，曾参与浙江省文联的筹备工作，任编审部长，并从事文学评论工作，后调中共浙江省委统一战线工作部工作。译有《解放了的普罗米休斯》《阿多拉司》《李尔王》等。

## 噩　梦

人说，
把枯枝插到这里底土地里
却会开花结实；
在这里夜长梦更多。
我知道，
在梦中再也找不着

那荒漠童年里

五月石榴红；

或者母亲教我数着

稻叶上的萤虫与

细小的星星了。

（——母亲呀，

从小，你就教我爱那些

微弱，但用全生命发光的光！）

别说那泪流满面却纵情欢笑的

梦底梦了。

噩梦中总识路，

梦，不怕到江南。

别说梦到江南梦不归啦！

——我不认识江南了！

没星光的夜里，

我老是走着，

仿佛走到十二月的湖边。

我听到湖水声。

抬头一看

湖上漂着无数青光莲花

我仿佛听到

无数母亲们在湖边

奔走又跌倒；

我知道吹到脸上的

是母亲们底泪；

我能听到母亲们哭喊的

完全哑了的声音；

"回来呀，跟娘回来！
娘在这里，
顺江有招魂引路的灯。
回来呀。
你在孤山冷坳里挨饥挨饿的
你赤身露体拦路倒毙的，
你浑身血污的……
回来，
小魂归小人！"
——

灯光飘入无边的黑暗里！
那淤血块样的黑暗里。
……

四一、二月、于成都

选自 1942 年《战时文艺》第 1 卷第 4 期

## 风砂遥寄

大麦黄了的时候呀，
夜夜有大风砂。
姑娘，我底姑娘，
你知道我吗？
你知道我在何方？

在这黑漆的夜里，

在这大风砂的夜里，

我奔下山岗。

我底头发站起来，

我底眼睛不能睁开，

我像飞一样，

我像一只饥渴的鹰呀，

我飞下山岗。

我掠过麦田，

我奔到

我那最熟悉的河边

——河水痛苦的面容

被黑夜掩住，

河水底吟声

也被风砂掩盖了哟！

我扯去我底上衣，

把我底胸膛紧紧贴在

那冰凉的河砂上。

我底胸膛，

像酒精在里面燃烧，

我底嘴唇烧焦了，

我底眼珠要爆裂了，

我底头发浸在河里，

我大口地喝着河水，

那飘着草香马蓝花香的河水，

我要喝呀，喝呀……

我听到远方

狼群在嗥叫了，
在风砂里颤抖着的
悠长惨厉的声音，
又好像它们
从后面麦田里蹑行来了，
麦田里有几粒
青色的磷光。


我要去找你，
我要去找你哟！
我咬牙横心，
我要去找你，
你铁打的心肠，
你留在何方?!
就在这样的夜里，
我不管山是怎样高，
水是怎样长，
我不管哪里会有长庚，
哪里会有启明，
不管那里是哪一方，
那黑夜沉沉。


就在这河边，
你说你闻到麦穗香了。
你唱起一支家乡
戴着蓝花头巾拾麦穗的姑娘
爱唱的歌子：

"大麦黄又黄呀，

麦子花儿香。

一滴眼泪，一粒麦呀，

我想起我底爹娘……"

你说你想起了家乡，

那石门湖上。

月亮出来了，

你说要是有一支箫，

你可以吹出

那月光下玉一样的石门湖，

悠缓的五月怀恋曲。

而你又骄傲地说：

那只是一个梦呀，

那是远方一点轻烟，

父亲底珍宝，肥牛，①

母亲底满头白发与

含泪远望也不能

使你长留在梦里。

我们是浪子呀，

浪子记不起家乡！

你第一次告诉我

你底幻想——


你希望：

跟在鲜红的军旗后面，

① 见路加福音第十五章。——原注

骑在高头大马上，

拼命地喊呀，唱呀，

同数万人一起唱呀，

唱哑了嗓子，

奔向大火光里，

你要狂热地扯下你底头发，

像古希腊的姑娘，

拿着它为受难者赎罪，

把它投向火里。

我说："好呀，

你希腊姑娘，

让我跟随着你，

你举着火把，

夜夜在海的那一方，

照着我夜夜

从海里浮游过来，

那海呀，

会永远没有风涛。"

你不是笑了吗？

你怎会不知道：

七年前

当你站在铁窗外，

告诉我一个消息，

从那时，

我就永远谛听着你底声音呵！


当我在河边

含着泪对你说：
"我要伤心地离开这里，
我最伤心的是
怎样来的，
还是怎样走。
我是被深深歧视了，
被深深鄙弃。"
我说，我错了：
这里是没有母亲的，
创痕没有人摩抚的，
受了委曲，那只有
和着眼泪吞到肚里。
你斥责我了，
我看到你怎样
故意把目光避开我。

你斥责我：
"这里圣洁的河水，
还没有把你冲洗洁净呀，
什么时候你才能
连根拔掉这孽根性呢？
看得辽阔一点罢，
想得辽阔一点罢，
应该为着庄严的理想与工作！"
你说：
"而今是播种的时候了，
我们把荒山烧成肥土了，
那没有生机的种子，

埋在土里是腐朽了；

那废物的种子，

即或长出什么了，

也是要将它烧掉……

你要走吗？

条条江河都流到大海，

如果你还朝着你底方向!"

你说一个故事：

在黑暗的国土里，

有人说黑暗太可怕了，

他要出去找明灯。

他去了，

黑暗土地上底人

从此不见他回来。

有人在黑暗里忍受着，

他日夜用自己底手

钻击坚硬的石头与

古老的树木，

而他取出火种来了……

而我不等你说完，

就从石头上面跳着过河去了。

我更伤心了，

从此我不理你，

而我总想有一天，

你还会在黄昏，

站在山下喊我呀……

我怎么知道

我从此就见不到你了呵……

有人说，
秋天，
黄河水急的时候，
你跟着同志们
大队开过黄河。
夜里，
缩在碉堡里底敌人，
掩着耳朵
听着你们无数的脚步声呵。
你们就在吕梁山头
燃起大火，
照得满地通红。
说你们
唱着的是怎样
无比欢乐与雄壮的战歌呵。

有人说，
你跟随着一个老英雄，
驰骋在长城外，
大青山下，秃尾河旁，
在柴素齐，萨拉齐，
齐齐沙尔，
那冰深三尺的地方。
而那老英雄已战死了，
我们会唱着诗句：

"把我埋得深深地，

你们在欢笑中

击碎你们底锁链。"①

来远远地祭他。

而你呢，

你在何方？


有人说，

你们，

你们一百个，

在满山雁来红的时候，

你们到了江南。

那是你最爱的江岸呀，

你们为了紧握着枪，

你们是怎样

在一个风雨闪电的夜里，

在山坳里掩埋战死者，

有人是怎样伤心地哭泣哟！……

而你呢，

你在何方？


三年了呵，

我告诉你什么呢？

我只能说清楚一句话：

我没有背弃你底希望。

---

① 谢夫青科："当我死时。"——原注

我有母亲爱我，
妹妹来信说，
母亲在腊月黄天里，
整夜哭哭啼啼的；
敌人把她吊起，
白发吊断了，
而她又哭了，
为的是想起
有儿子战斗在远方。

我有你爱我，
我知道
你是永远爱我哟！
而你呢，
你在何方……

我有一个
年青光辉的朋友爱我，
在那风寒雨冻的夜里，
在那白杨萧萧，
月光浸透草原的夜里，
他总苦苦地叫我期待哟！

我时时凝眼望着四方，
我望着你呀，
我底姑娘！

——昨夜，

我作了一个梦，

我梦到我躺在

多长多长的草丛里，

我不能喊，

我不能睁开眼睛看，

我害怕，

这里就是我底坟墓呀，

这没有鸟鸣，

没有流水声，

泪珠飘不到，

足迹印不到的地方！

……

你在望着我吗？

你知道我在何方？


你举手迎接我罢！

我要去寻找你了，

我要去寻找你哟！

不问你在何方！

也许我走不到你那里，

我底骨头化成灰，

在这风砂的夜里，

我也要被吹向你那一方！

你该熟悉这风砂的气息呵！

就在这个夜里，

我要寻找你！

你知道

我是睁了多大的眼睛

在望着你哟！

四二，暮春，改作。

选自1942年《文艺杂志》第2卷第1期

# 方 殷

| 作者简介 |　　方殷（1913—1982），河北雄县人，原名钟常元，笔名常式、方殷、芳茵等。1932 年，在北平编辑《少年先锋》周刊。1936 年夏，在北平参与发起中国诗歌作者协会，与袁勃、孟英等合编《诗歌杂志》。全面抗战爆发后，在山西民族革命大学、上海救亡演剧一队等从事救亡工作，后到重庆，在李公朴主持的全民通讯社工作，并积极参与中华全国文艺界抗敌协会组织的诗歌活动。1941 年，与王亚平、柳倩等组织春草诗社，出版《春草》诗丛多种。中华人民共和国成立后，曾在重庆市文联、三联书店、人民文学出版社任职。著有诗集《平凡的夜话》，叙事长诗《诛魔记》等，另有大量散文、短诗、论文散见于报刊。

## 给哨兵

这是一幅美丽的画图
那山头，给它背后的
蓝天画一道弧线

而你，就站在这弧线上
守护着这一片祖国的土地
谛听着旷野里发出的
　　　　那一声响

是那么机警的啊
你时时紧握着枪
　　预备向袭来的人瞄放

当夜的天空
拖出一个美好的月亮
或是雁群飞过
"呵呵"地投给你几声歌唱
你却是那么坚定的啊
引不起你一丝的忧念
　　　　一点儿感伤
你只一心地提防着敌人的偷袭
　　　　挂心着同志们的安祥……

我知道——
你不愿意长久地站立在山头
你愿意一步步追着敌人
　　滚出我们的国境
　　永远地守望在边疆上

然而，当我骑着马
走过你的山下

向你行了一个举手礼

你可知道吗?

选自 1940 年 2 月 10 日《新华日报》第 4 版

## 囚室断唱

不取作深沉的叹息

更没有明朗的笑声

潮湿而阴暗的

低矮的小屋

变成我那灵魂底囚笼了

想要跨出一步吗

梦

也会在想念中

折断了它那飞翔的翅翼啊

最怕的

是那雨打着房檐的黄昏

半悬在屋角间的蛛网

就是我那半悬着的心啊

让虫子在油黑了的衣服里

尽情地爬动

我已无力

也无心去捉拿它们了

每天

痴呆的眼

对着痴呆的眼

彼此诉说了不知多少遍的

被囚者们底怨言怨语

已疏落得像夏日的雨点了


隔壁

又传出一片哀怨的歌声

说是

"哪年哪月

才能回到我那可爱的家乡?"

谁能答复你呢

——那屋瓦缝里

射进来的一缕光亮

会牵引着你

想象出一幅美丽的画图呢……

一九四三年一月。

选自 1943 年《人世间》第 1 卷第 5 期


## 声 音


从老远老远的地方

传出一种悠长而清脆的声音

它是那样热情地

作着殷切的呼唤

  无可抗辩的招引

我迈着轻快的脚步

踏着露珠儿上的朝霞

向它迎接而来

我来了

我来追寻你

追寻你这魂灵似的幽美的声音……

一九四三年于渝

选自 1943 年《文学》第 1 卷第 4—5 期

# 甘永柏

│作者简介│　甘永柏（1914—1982），四川万县（今重庆万州区）人，原名甘祠森，笔名甘永柏、浮鸥、雨纹、甘辛等。1929 年到上海，先后入中国公学、之江文理学院、上海商学院学习，同年开始发表新诗作品。1935 年于上海商学院毕业后留校任教，其间出版文学论文集《骰生研究》、长篇小说《夜哨班》、散文集《涵泳集》等。1938 年赴重庆，在求精商学院、重庆大学任教。1943 年创作长篇小说《暗流》。曾在《时与潮文艺》《前途》《宇宙风》等报刊上发表文学作品。

## 中夏的风

中夏的风是老处女的发辫，
中夏的风是颊色的杨指尖；
　　中夏的风中伤了我了，
　　情热的灰，梦的余焰。

吊头鬼的荷枝抓破五月之梦了，

有放浪的野狗悬着舌头；

　　在中夏的风幕里，

　　日逐着夜，夜代了日去。

选自 1931 年《小说月报》第 22 卷第 2 期

## 故园小景

白色的江鸥，白色的远天，

　　风哨系在桅角，游子的梦

散乱在碎破的布帆；

游子的梦是轻的，轻又易碎的，

　　如仲夏风之悸动

颓阁的风铃摇响在荒原。

紧贴着夕阳的壁巅可在默祷呢？

　　我梦着，恋着，怀想着那些古老的时间，

夏天的橘金色，秋天的橙子色，

　　还有分不清是青春

抑是衰老的春天和冬天的颜色；

蝉子打盹的篱下，倦呵！

　　缚不住远梦的尘丝又散了；

我将准备我的行囊，

重新匍匐着，在关山万水——
我是沉默，寂寞，又暗伤，
　　暗暗地憔悴，暗暗地消磨我的时光。


选自 1933 年《蜀青》第 1 卷第 1 期


# 诗二首


## 尘　景


被下灰纱的墨壶噘着嘴，
执杖的老糖人独自地流着清泪，
棋篓系网着蛛在劳奔，
丁屑布出八卦迷阵，
有如闲僧无聊在古庙，
　　檐溜敲着金铮；
濛镜俯埋我首，
蜘蛛牵引梦径：
"——哦，比比，你狠心的胫儿遥失在我目程……"
　　黑暗像脱缰的莽牛闯入窗口。


## 悒　望


秋天的黄金的锄头，
将多少的岁月在这时间的，

我的忧郁，一个懦怯孩子悄掩的泪，

掘发了！而且都变作悠长悠长的丝，少女啊，如你的发一样；

如你的偷咽了我的泪，还有唇吻

苍白的花印的那发一样；

咳，这日子这悠悠的魔带，

我真愿缢死了！少女啊，

但你柔软的发上有我永远

偎侍着的，我这心血培灌的皎素的花开。

选自 1933 年《新时代》第 5 卷第 5 期


## 怀旧集（组诗选）


When my thoughts recover,

The days that are over,

And I weep...

——Verlaine


### 凤阳歌女

月光照耀着悲哀的点滴，

　　像白鹅的羽毛串着露珠；

噤蝉般的铜锣倦卧了。

　　怀着鬼胎的是兀呆的小鼓。

山松老成地移开它的傻影，
　　老父的发辫象征竹节般的前途；
暴徒似的老鸦恚然地喝破旧梦了，
　　冰轮的古月却在她面上重敷。

## 夜　渡

在夜渡的小舟上，
　　卸下了一日的疲倦；
让流水吮啜着舟底；
　　好似低低地歌唱；
呼唤我们安眠。


　　繁星，别眨着眼；
灯火，不要辉炫；
　　我只爱这静静的江流，
江流上的摇篮。

## 无　题

幻想是我的爱情，
忧郁写上生命；
还有冷酒这良朋，
红烛伴我更深。


残灰是那烛梗，
苦液濡着白梘；

生命这老丑的鸱鸺，

啄破了空囊掩了身。

选自 1944 年《时与潮文艺》第 2 卷第 5 期


## 再生的凤凰（外一首）


### 再生的凤凰

大街沉默着，像僧道在坟园

　　收拾了法场，几声叹息

伴着归去的寂寥，荒烟

　　在暮空里缭绕。遍山遍地

人们从榛莽和岩穴中归来，

颓垣残瓦中不复有故居存在；

　　火舌还飞舞，可是声音已低微，

　　夜天涨红了脸像愤怒又像沉醉。


谁说这只是无耻或疯狂？它更像

　　警钟万响，从国境到中原，

　　　从中原到四方，大声呼喊

祖国的儿女齐赴争自由的波浪！

纵然我们都失去了家，在今天

这废墟上，再生的凤凰不是奇谈。

## 希望之歌

望着你，像卑微的星子守候着光明！
　　暴风似猛虎在咆哮，它卷
　　沉云的马队布遍了湫溢天；
来了，一切的夜之精灵——幽暗的生命，
叫醒你，我愿学赤胆的子规碎着口唇：
　　我歌着狂风暴雨彩虹和闪电，
　　我歌着欲望思想情爱扭渗的悲欢：
百遍的婉转百遍的死搏斗着生。

望着你，你呵，诡秘的时间的海空！
　　像含苞的春花叩求雨露，
良善的园丁撒下甜蜜的欺哄，
　　（她泪洗着面嘤嘤地啼哭）；
　　惟有慈爱的东方的朝阳，
她会使新的种子从暖土里茁萌。

选自 1945 年《时与潮文艺》第 4 卷第 5 期

# 高 兰

|作者简介| 高兰（1909—1987），黑龙江瑷珲（今黑龙江黑河爱辉区）人，原名郭德浩，笔名德浩、浩、郭浩、黑沙、高兰、齐云等。1928 年考入燕京大学国文系。全面抗日战争爆发后，在武汉、重庆等地积极开展朗诵诗写作和诗朗诵运动。1938 年加入中华全国文艺界抗敌协会。1947 年到沈阳，任《东北民报》文艺周刊编辑，次年兼任教长春大学。1951 年后任教于山东大学等。著有《高兰朗诵诗》《高兰朗诵诗集》等。

## 哭亡女苏菲

你哪里去了呢？我的苏菲！
去年今日
你还在台上唱"打走日本出口气"！
今年今日啊！
你的坟头已是绿草萋迷！

孩子啊！你使我在贫穷的日子里，
快乐了七年，我感谢你。
但你给我的悲痛
是绵绵无绝期呀！
我又该向你说什么呢？

一年了！
春草黄了秋风起，
雪花落了燕子又飞去；
我却没有勇气
走向你的墓地！
我怕你听见我悲哀的哭声，
使你的小灵魂得不到安息！

一年了！
任黎明与白昼悄然消逝，
任黄昏去后又来到夜里；
但我竟提不起我的笔，
为你，写下我忧伤的情绪，
那撕裂人心的哀痛啊！
一想到你，
泪，湿透了我的纸！
泪，湿透了我的笔！
泪，湿透了我的记忆！
泪，湿透了我凄苦的日子！

孩子啊！我曾一度翻看箱箧，

你的遗物还都好好地放起；

蓝色的书包，

深红的裙子，

一叠香烟的画片，还有……

孩子！你所珍藏的一块小绿玻璃！

我低唤着苏菲！苏菲！

我就伏在箱子上放声大哭了！

醒来夜已三更，月在天西，

寒风里阵阵传来

孤苦的老更人遥远的叹息！


我误了你呀！孩子！

你不过是患的疟疾，

空被医生挖去我最后的一文钱币。

我是个无用的人啊！

当卖了我最值钱的衣物，

不过是为你买一口白色的棺木，

把你深深地埋葬在黄土里！


可诅咒的信仰啊！

使我不曾为你烧化纸钱设过祭。

唉！你七年的人间岁月

一直是穷苦与褴褛

死后还是两手空空的；

告诉我！孩子！

在那个世界里，

你是否还是把手指头放在口里，

呆望着别人的孩子吃着花生米？
望着别人的花衣服
你忧郁的低下头去？
我知道你已漂泊无依，
漫漫的长夜呀！你都在哪里？
回来吧！苏菲！我的孩子！
我每夜都在梦中等你。
唉！纵山路崎岖你不堪跋涉，
但我的胸怀终会温暖
你那冰冷的小身躯！


当深山的野鸟一声哀啼，
惊醒了我悲哀的记忆，
夜来的风雨正洒洒凄凄！
我悄然地披衣而起，
提起那惨绿的灯笼，走向风雨，
向暗夜，
向山峰，
向那墨黑的层云下，
呼唤着你的乳名，小鱼！小鱼！
来呀！孩子！这里是你的家呀！
你向这绿色的灯光走吧！
不要怕！
你的亲人正守候在风雨里！


但蜡泪成灰，灯儿灭了！
我的喉咙也再发不出声息。

我听见，寒霜落地，

我听见，蚯蚓翻泥，

孩子！你却没有回答哟！

唉！飘飘的天风吹过了山峦，

歌乐山巅一颗星儿闪闪，

孩子！那是不是你悲哀的泪眼？

唉！歌乐山的青峰高入云际！

歌乐山的幽谷埋葬着我的亡女！

孩子啊！你随着我七载流离，

你随着我跨越了千山万水，

我却不曾有一日饱食暖衣！

记得那古城之冬吧！

寒冷的风雪交加之夜，

一床薄被，我们三口之家，

吃完了白薯，我们抱头痛哭的事吧！

但贫穷我们不怕，

因为你的美丽像一朵花

点缀着我们苦难的家。

可是，如今叶落花飞，

我还有什么呀！

因为你爱写也爱画，

在盛殓你的时候，

你痴心的妈妈呀！

在你右手放了一支铅笔，

在你左手放下一卷白纸。
一年了啊!
我没有接到你一封信来自天涯,
我没看见你有一个字写给妈妈!

我写给你什么呢?
唉!一年来,我像过了十载,
写作的生活呀,
使我快要成为一个乞丐!
我的脊背有些伛偻了。
我的头发已经有几茎斑白,
这个世界里,依旧是
富贵的更为富贵,
贫穷的更为贫穷,
我最后的一点青春与温情,
又为你带进了黄土堆中!

我写给你什么呢?
我一字一流泪!
一句一呜咽!
放下了笔,哭啊!
哭够了!再拿起笔来。

姗姗而来的是别人的春天,
鸟啼花发是别人的今年;
对东风我洒尽了哭女的泪,
向着云天,

我烧化了哭你的诗篇！

小鱼！我的孩子，
你静静地安息吧！
夜更深，
露更寒，
旷野将卷起狂飙！
雷雨闪电将摇撼着千山万水！
我要走向风暴，
我已无所系恋。
孩子！假如你听见有声音叩着你的墓穴！
那就是我最后的泪滴入了黄泉！

一九四二年三月于山中

选自 1942 年 3 月 29 日《大公报》副刊《战线》

## 嘉陵江之歌

嘉陵江是美丽
还是忧郁的呢？

那颤动的绿色的水波
为舟子的双桨击起的
银色的浪花啊！
像一群白蝴蝶随着春风

飞逐在一碧万顷的草原!


浪花啊!
揉碎了老舟人褴褛的身影
浪花啊!
抖动着他忧愁而悲苦的生命!
冲过激流,
望着险滩;
生命是多么狭窄而迅速啊!


生活不是更为艰辛吗?
从能走路的日子;
到不能动转的日子:
在利刃般的石岸上
在生满荆棘的悬崖下
畜牲似的
爬着,
爬着,
四只脚爬着,
有时头也要着地的!


那牢固的锁链,
一头牢牢地绑住了
向前爬着的黧黑的胴体;
一头牢牢的拴住
比祖父还古老的,
　　　　破旧的,

痴呆的，

拙笨而疲倦

蠕动着的黑暗的木船。


"哎唷……杭哟……

用力呀！

用力呀！

哎唷……杭哟……"

"不向人前伸出乞求的手，

却在生命的下面低垂了头！

哎唷……杭哟……哎亥哟"


唉！

什么歌儿能够不朽？

什么诗篇　血泪交流？

什么人能够

谱出这挣扎的呼吼？

什么人又能有

这么悲切的歌喉！


"拉呀！

爬呀！

哎唷……杭哟……"

用力吧！

用力吧！

生命是遥远的吗？

途程是遥远的吗？

不啊!

好生活是遥远的呀!


什么不认识呢?

在这个江中的

每一个滩,

每一块石,

每一粒砂土上的

自己的血呀!

　　　　汗呀!

　　　　悲哀的泪水呀!

甚至于

每一个同伴死去的地域!

什么都是近在眼前,

一切都是发生在昨天,

　　　　　今天,

　　　　　明天,

生和死并没有什么距离!

拉着!

拉着!

是他们拉着生活呢?

还是生活拉着他们呢?


拉着!

拉着!

是生活拉着这些畜牲呢?

还是这些拉着生活的畜牲呢?

爬过了谷
爬过了坑
爬过了白天黑夜
爬过了山岭水涯
爬过了暑热与寒冷
爬过了悲苦的一生

嘉陵江
没有耀眼的光辉，
因为
太阳从未明亮的照射过他！

嘉陵江
也没有猛烈的风暴，
因为
他天天沉闷的阴雨，

嘉陵江是美丽
还是忧郁的呢？

嘉陵江是悲哀的！
嘉陵江是悲哀的！

选自高兰：《新辑高兰朗诵诗第二集》，建中出版社，1944 年

# 戈壁舟

| 作者简介 |　　戈壁舟（1916—1986），四川成都人，原名廖信泉。1936 年参加中国民族解放先锋队和学生救国联合会，并开始新诗创作。1941 年，入鲁迅艺术文学院文学系学习。1946 年后任陕甘宁边区文协创作组组长、《群众文艺》编辑。中华人民共和国成立后，历任《延河》主编、四川省文联党组书记等职。著有诗集《别延安》《延河照样流》《宣誓集》《登临集》，长诗《把路修上天》《青松翠竹》《三弦战士》等。

## 烧　炭

这是原始的森林，
这是无人的荒山，
纵横浩浩数百里，
直到古老的黄河边。

突然一支远征军，

出没在这无人的森林。
鸟儿才第一声歌唱，
人们就攀沿着荆棘前进。

在森林里几声长啸，
引起山谷骇人的回应；
野兽的世界过去了，
到处都响起战斗的斧声。

树木倒满了山林，
一根一根地往炭窑里运；
梢沟里整天升起烟柱，
到晚来红光直冲到星星。

树木摇着最后的黄叶，
朔风赶着天空的乌云；
赤身进窑像洗个滚水澡，
出来就像个非洲的黑人。

野火随着天边的残红烧起，
烧红了年轻人的脸，
烧红了黑暗的森林，
古老的黄河也要吃惊。

年轻人唱着自由的战歌，
要战胜封锁我们的九十万匪军，
为着人民得到温暖，

为着迎接明天的来临。

1940 年 12 月 16 日夜于泽东青年干部学校

选自戈壁舟：《延安诗抄》，陕西人民出版社，1978 年

# 戈 茅

|作者简介|　　戈茅（1915—1989），山东濮县（今河南范县）人，原名徐光霄，笔名戈茅、谷谿、简壤、齐野、鲁山、元乐山、余亦人等。早期在山东、江苏等地从事进步文化工作，主编过《扬州报·青峰》《鲁南日报·笔端》等刊物。全面抗战爆发后，到西北战地服务团工作，从事战地通讯工作。1939 年到重庆，参与编辑《新华日报》工作。1940 年，和力扬、孔罗荪等人合编《文学月报》。1941 年前往新四军苏北根据地，和戴平万共同主编《江淮文化》。太平洋战争爆发后，经香港返渝，继续在《新华日报》任职。中华人民共和国成立后，历任中央社会部秘书室主任、文化部副部长等职。其文学作品主要发表在《新华日报》《文学月报》《文艺阵地》《诗创作》等刊物上，著有诗集《草原牧歌》《将军的马》。

## 红鼻子和老马的故事

一

山谷中冒着雾样的晨烟

孩子们齐集在一家村镇的门口
望到崎岖的山路上
红鼻子颠踬地来了，
手里拉一根拐杖，肩上
背着老马的辔头。
他们狂喜地向他招手
红鼻子微笑着把他硕大的身影
投向依岸草青的溪流。

春草绿了
红鼻子便是春天，
在孩子们的眼里
他好像一座百花盛开的乐园。
虽然他们有时嘲笑他的鼻子，
又红又大像支粗劣的喇叭，
那部颛顼的络腮胡须，
犹如牛羊啮噬后的胡麻。
但红鼻子从不对孩子们发气，
尽他的心意他逗他们的欢喜。
孩子们最感兴味的
是听他讲述老马故事。

红鼻子已经上了五十年纪，
他孤单，他骄傲
多少艰辛的经历，
没有给他留下一声叹息。
他从不感觉寂寞，

吕梁山那熟悉的山径
二十年了，只有那匹
钟爱的马伴他来去，
"伯乐"，红鼻子低低
唤着马的名字
这是他最大的欢慰！

秋草上凄清的露珠
打湿了颤栗的蓑衣，
他追随着那匹可爱的骏马
爬上倾斜的山坡，
野蔷薇刺痛了胼裂的皮肤！
淋了一身大汗，他喘吁
黄昏带来星月的光环，
藤萝绊住了粗壮的脚趾。
他望着葱郁的野林，
愉快地打着唿哨
目送山下暮归的羊群。

啊！悠久的岁月呀！
现在人老了，
战争又夺去了老迈的"伯乐"
如今他失去了唯一的伴侣！
啊！他伤心，他悲泣
那边孩子们呼喊着：
"红鼻子来呀，
红鼻子万岁！"

这刺心的号叫
更引起了他对老马的回忆。
现在他仅仅把眼泪收藏，
转笑走向那群天真的孩子。

二

山脚下一所矮矮的茅屋，
门前横卧一道弯曲的溪流，
鲜艳的花树荫蔽着庐舍，
左近是葱绿繁茂的修竹，
多末幽美的回忆呀！
炮烟几会笼罩了云树？
多少年代了
祖居在那儿，
一代又一代
过着安详的日子。
人们只知道枫叶变红
便是秋天到了；
夏日大地一片青绿，
冬天飞雪的日子
万物幽然沉寂，
太阳来了
春节百花盛开的时候，
他听得出各种鸟兽的鸣叫。
哦，这些全然已成过去，
眼前不用说

故乡依然是战火咆哮！

红鼻子想到这里
默默低下头来——
自言自语道：
"不要胡想，
要生活得快乐，
从血与火的战斗里
救出中国！
不要叹息今天的不幸，
我们总要坚强地生活。"

孩子们又一阵地喧嚣
把他从沉思中惊醒了，
紧握起孩子们稚嫩的小手
口边迸出慈祥的微笑。
顽皮的孩子抱住他的大腿，
几乎要把红鼻子绊倒。
有的牵他的衣襟，
有的拉着拐杖学老马赛跑。
他胸前挂的那只"荣誉奖章"，
映着太阳的光辉熠耀，
这便是祖国赐予他的光荣，
红鼻子为祖国建立了功劳！

红鼻子扬手叫道：
"好孩子，安静些，

不要轻狂胡闹。
你们长大成人
要去射杀日本强盗！
好孩子，我没有一个亲人
你们便是我最喜爱的小鸟，
安静些吧，好孩子
不要像猴儿一样轻佻。"


孩子们听了红鼻子的话，
这才安静地垂下手来，
好像一群可爱的驯猫。
于是，他们便在一家村镇的门口
捡一块平滑的石头，
绕成一个圆圈密密团坐。
孩子们张着无邪的
童贞的慧眼，望着他
好像在祈求着什么。
红鼻子将一下蓬乱的胡须，
心里涌出一阵醉意的欢乐；
一切的悲伤与不幸
都已驱散到翠微陡峭的山啊！


现在太阳已高高升起，
百灵鸟在喈喈鸣叫，
尘寰庞杂的噪音，
像海涛一样呼啸。

哦，伟大的力哟！
正给予人类以崇高的感召！
前进吧，东方炎黄的子孙，
我们是正义之神的前导！

三

炊烟缭绕在树巅，
阳光悄悄爬进了竹篱。
村中的农夫，
此时已经荷锄走上了田畦，
对了一群无事的孩子，
红鼻子在讲述老马的故事。

他慢捻着胡须
开口讲道：
"我来了
山野中的田园新居，
和受了伤的同志
我来了，长年
便在这儿垦殖。
人老了，残废人不再作战，
我们人人膺受着国家的荣誉。

记得战争初起的时候，
我愚蠢得一无所知，
曾把祖国复兴的命运，

仰望于渺冥的神祇！
这一切想来觉得好笑，
但今日我不愿再忆起往昔。

好孩子，可爱的孩子们！
你们年轻的孩子们！
我自从失去了那马
再没有一个是我的亲人
我既不叫苦
更不嗔怪命运。

好孩子，可爱的孩子们！
我痛恨那般可恶的日本人！
他们并非真的强悍
只是蛮横不驯！
他们是一群疯狂的强盗
公然来抢劫咱们的黄金。

我们广大的绿色平原
是一片沃壤，
像万道愤怒的蛇
在祖国的大地之上，
万载不息地奔流着：
珠江，扬子江
黄河，黑龙江！
千座山万道岭
拱成了中国坚固的屏障！

遍野盛开着黄的白的红的花
肃穆的森林直矗昊苍。
四季鸟在高远的长空
可以自由振羽翱翔。
四万万五千万和平的人民，
用尽一切力量
要保卫我们肥美的国疆！

说到这里，又引起了
我的一段沉痛的回想：
当敌军闯进了我的村子，
我便跨马离开了故乡，
日夜不停地奔波
忍着饥饿去流浪。
可怜的老马呵！
一天天瘦削了，
我也一天天疲弱而凄怆！
多么艰苦的时日呵！
日夜渴望着重返久居的村庄。

啊，好孩子，
可爱的孩子们！
为了保卫祖国
如不奋力争战
那简直是梦想！
现在我醒觉了
在这年光，

我虽然年纪已老

但我依旧生活得坚强。

我和我的老马

好孩子，

加入了游击队

穿上了战斗的戎装！

多有趣呀！

同志们笑我的老马

还嘲弄我的胡子太长。

'红鼻子你进了我们的队伍，

真是一员老兵，

可是，那马

我赌咒，它并无用场，

变卖了它，吃一餐吧，

我们也肥肥肚肠。

苦呀，我们的生活

几个月来，老吃着

一味的白菜汤。'

可爱的孩子们

让他们叫吧，馋吧

我哪里舍得把老马典当？

更不要说忍心

把它煮成油汤！


多少年了

老迈的'伯乐'，

好像年轻的孩子一样

和我一起愉快地生活。

它没有儿子也没有父亲，

我们俩是要好的一伙。

我走到那里，

它也跟到那里，

有我红鼻子

便少不了'伯乐'。


一个昏黄的深夜，

队长来了命令，

到二十里的村庄，

去袭击敌营，

好孩子，那时

我高兴地抓起了毛瑟枪，

一个箭步又闯进了马棚，

从黑暗中，牵出老迈的'伯乐'来，

我和它要一同出征；

虽然它的肚皮还未吃饱，

可是，对我的意见

它却表示极端赞成。

我说：'乖乖，你也见识一下吧

咱们老朋友也来抖抖威风！'


然而，队长

却拒绝我的老马同行，

他说：'老家伙

中什么用！

它不过是一只累人的草包
它只能驮得起一个苍蝇。'

队长对我的老马
如此不敬,
我生气地固执着
一定要它和我同行。
后来队长哄然笑了,
大家理好行装
我便跟着队伍策马前进。

人马涉过一道清浅的小河,
我们又走上一片松软的土地,
不知何时敌人却已经发觉
前锋开始了射击。
我们依山背水,
向着敌人冲袭!

经过一场凶恶地血战,
我的老马毫不胆寒。
我们一直前进,
勇敢地冲锋,呐喊!
一个不小心
从侧面飞来一颗流弹,
'伯乐'受伤了,
我鞭打它,仍奋鬣向前!
流弹连连横飞

从马腹下透过
它终于倒地死去!
完结了
'伯乐'呵——
　　　我的伴侣!


啊! 好孩子
我伤心,
我悲泣!
老马已光荣地死去
人们已不再把它记起。
年轻的孩子们呵!
我却永远不把'伯乐'忘记。


我的血像海一样奔腾,
我岂是中华民族怯懦的子孙?
提起毛瑟枪,冲上去——
我要杀死那群凶恶的敌人!


什么时候,我醒转来,
一个同志把我背在肩上,
血一直流着,我不喊一声痛,
虽然我知道已经受了很重的枪伤。
这时,我想起了那可怜的老马,
一切的创痛,好像利箭一样
猛烈地射穿着我的胸膛!
我挣扎,我呼喊

'好兄弟，把我放下来吧!
我总要再看一看老马死去的模样。'

我匍匐着
忍受了最大的苦痛，
伸手握住'伯乐'的毛蹄。
同事们用乱石
垒成一座石室。
竖一块墓碑
上面写着不幸的老马的名字。
我这才消去了一半忧伤，
为了日本人的追击，
我们便把老马匆匆埋葬。
回望落寞的大野，
天幕下更显得无限的凄凉!

好孩子，
老马死了
我是多么悲伤，
现在且把它佩戴的鞍辔
秘密珍藏。
好孩子
你们不要嘲笑老年人的固守
因为老马的死，使得我
既孤单又凄凉!

可爱的孩子们!

壮烈的死，

便是光荣的生！

我愿你们长大

生成为新中国的英雄！

那时老人们死的死了，

我便成为朽木里的魂灵。

啊，好孩子

我甘愿瞑目长眠，

让你们踏着我的尸骨前进，

为祖国的自由勇猛争战！"

## 四

孩子们为红鼻子的话

深深感动，现在

他要跛足去了，

自由的烈火，从今

一直燃烧着那群稚弱的心灵！

二十八年十月一日，于重庆

选自 1940 年《文学月报》第 1 卷第 1 期

## 茫野诗草 （组诗）

### 我的窗子

我住在一座幽静的小楼上
高高地打开了
我的窗子

阳光悄悄地照进房来
于是，我每日就有了光明

我的窗子
如同我的思想
它永远光明，晶亮

可是，人们能够
把我的窗子掩闭起来
但他却不能
关闭我的思想

### 路

是谁用他的脚第一次走过了
无人行走的荒野？

而后来的人踏着前人的足痕
如同我走出了城市，两脚平安地踏在路上
那是多么宽阔而悠长的路呵

你惯于冒险的先知者呀
指示了人们以真理的道路
然而，有谁想到你第一次跨出脚去
那种艰险的苦恼的心境呢？
于是，圣哲说：地上本没有路
人们走起来便有路了

## 郁金香

在我的窗下
有一株散着香气的郁金花
我在窗口里望着它：——
叶绿了
花开了

有一天我的朋友
对着郁金花说：
"你的主人呢？
而我和我们的同志
都是兵士呀！"

她的意思我懂得，就是说：
我们没有剪枝种花的闲情

每日紧张的工作
好像使我们变成了忙碌的铁人

## 鬼

有一个美丽的黑发的姑娘
她的又黑又亮的大大的眼睛
好像春天的晶莹的池沼
灿然射着智慧的光芒

那黑发的姑娘
如同人类理想的化身
她最喜欢听人讲说
古代神话的故事

有一天的夜晚她来到我的家里
我们由神话谈到了鬼
她忽然大惊失色地叫道：
"啊，我不要……"

她丧气地垂下头来
双手遮着眼睛——
"哎，我正要把鬼
从我的思想里逐去
因为这名字
就是一个吓人的龌龊的东西"

## 我的希望

我是常常希望的
就像春天的草一样
有人把他割去了
然而，又慢慢地生出新芽来

希望使我得到快乐
而在生活上给了我以博大的思想

我走过了一切人群
他们一齐拥挤广场上
高声地叫喊着：
"我们希望快乐
而更希望自由呀"

啊，他们说出了我的真正的希望
于是，我狂热地拥抱了他们

## 我航行在海上

像快乐的梦一样
我飘然航行在茫茫的大海上了

海上那蓝色的天空
海上那飘摇翱翔的飞鸟

海上那远远的绿色的大陆
海上那漂泊的轻巧的渔船
海上那沉醉的航行的旅人
啊，我是多么爱那大海呀

我孑然立在海上
那是何等渺小呵
可是，海给了我以智慧
在我的思想里更充满了
丰富的想象
啊，我是多么爱那绿色的大海呀

## 同　志

好，同志
我们握手吧
你们戴军帽的士兵
让我们亲切地握手吧
我只要站在你们的中间
将比一切都光荣

世界上还有比我们更亲爱的吗
当你们呼我为"同志"的时候
我便是你们的友爱的战斗的伙伴

握手，同志
亲爱的兄弟们

让我们一同前进

## 墙

我眼前横着一道高高的墙壁
它是我所憎恶的仇敌
我不能在它上面抒写我的诗篇
因着它阻挡了我的声音

远方的人啊
我一手把墙壁推倒
我要朗读我的宣言
向新的世界
播送时代的声音

## 小　河

你川流不息的小河呀
呜咽着向东流去

渔夫撑着小舟
从你获得了财富

农夫把水车到田里
五谷生长得异常茂盛

日本军人的汽艇

从你身边划过
却留下了一片殷红的血迹

那血迹融化在水里
依然汩汩向东流去

你川流不息的小河呀
咆哮地奔流着
这年代——
被你带走了多少不幸的生命呵

## 我的生活

随着军团旅行的日子
我每天走着宽阔的大路
望着青绿的茫野
望着冷落的乡村
我了解了艰苦的人生
也认识了光明的未来

有时我感到寂寞
有时也尝试过热情的欢乐

有什么东西像火一样
烧得我发狂
后来我知道
这就是自由的渴望

## 乡 村

乡村像着魔似的
它们是一阵疯狂
农人们快活地穿起军服来
踊跃地加入了自卫队

他们出征的日子
乡村里发狂地敲打着锣鼓
高声地唱歌
大声地欢呼

他们的热心的妻子
眼睛死盯盯地
望着自己的丈夫

老人们从家里走出来
拖着拐杖——
"孩子们，
要勇敢的捉几个活的日本人来
叫他们在我们的农村广场上
吊在马屁股上跳舞呀"

他们大群的人
都笑出了眼泪
好像着了魔一样
乡村是一阵疯狂

选自 1942 年《文艺阵地》第 7 卷第 1 期

# 窗　外

早晨我欢悦地起来了，
打开清醒的窗子
让欢悦的光亮进到房里来，
我第一个拥抱了清新的世界。

窗外那株荫凉的梧桐树，
紧紧靠着我的屋檐；
芭蕉用宽大的叶子，
在扑击冷峭的晨风。

我想从窗口跳出去——
拥抱那世界。
鼓足了不可抵御的勇气，
双手抓住人类新生的希望……

窗外响着各种鸟鸣的声音，
它们全从丛林的梦中醒来了。
像我一样欢悦
只有在这时候，鸟儿方能发出优美的歌唱。

我虽然心中充满了喜悦，
但是我却不能够歌唱！

当想到在闪灿的阳光下

人们还不曾消灭一切不幸的时候。

我要冲出屋子去，

走向那宽广的人类世界，

我带着清醒的喜悦，

狂热地凝望着那迎接光明的清醒的窗子。

选自 1942 年《笔阵》新 6 期

# 葛　珍

|作者简介|　　葛珍（1923—2010），四川成都人，本名段维庸。1939 年开始发表文学作品。1942 年在成都参加平原诗社。1945 年在万县（今重庆万州）任教，其间参加过万县诗人周末诗歌座谈会、江有汜主持的太阳诗社等团体活动。其作品散见于《国民公报》《华西文艺》《拓荒文艺》《诗垦地》《诗文学》等报刊，著有诗集《远方一棵树》等。

## 小御河（诗集）

### 一　小御河

春水
小御河也荡漾着春水了

在冬天它是没有水的
干涸的看见河底的烂泥

可怜地无言的躺着
但现在它又挟着白翻翻的死耗子，
甘蔗皮，饭馆油汤……

轻轻地唱起来了
混混浊浊荡起来了
春天哪
小御河也有春天吗

她提着桶儿
跛着小脚
在那里提水了
摇闪闪地蹲下石磴
把要洗的衣裳从桶里拿出来
一件件清洗
一件件晾在竹竿上

她底家
就在那排矮矮的铺面中间
她没有多余的人手
从二房东
辗转租下半间小房

在这个大城里
从前太平年间
年年有
热闹的花会

二月里

真是满城飞花呢

娘儿们穿得红红绿绿

要走过这里，或者是

孩子哭嚷五色风车儿

掉在御河里了……

但她还是一样

弓着腰洗衣裳

那时不过年轻一些


洗多了还不觉得

腰痛

手酸……

小御河呵

那朝皇帝开凿的小御河


我不请你皇帝来游赏

我不请你大臣来走访

洗衣妇的儿子呀

当兵在前方

她呀

又在这里洗衣裳


## 二  民众夜课学校


感谢你在今夜

递给我支亮光

我可以走路

不用这手杖

感谢你蛮好的医生

医好我这睁大不能看的眼睛


我懂得了　我认识了

天的海　夜的星

地球的自转　月球的运行

我懂得了　我认识了

大洋与大洲　南极和北极

欧罗巴　爱司基摩人

我懂得了　我认识了

封建　半殖民地

辽宁吉林黑龙江合称东三省……


今夜我懂得太多

我实在太兴奋

我呀胡胡涂涂活了大半世

像今天才认识自己

感谢你好姑娘

递给我支亮光

感谢你好先生

复活了我的青春


选自 1941 年《诗垦地》丛刊第 4 期

# 山　坡

半山坡边
一个孩子
背着柴草
（背的比她的身躯还要高）
她有点累了
坐在石级上歇气
瘦弱的小手托着头儿
呆呆地
喘不过气来
她底衣服破烂不堪
玉麦须一样蓬蓬的发辫垂在脑后
憔悴的脸
像一片枯叶

背后
是渐渐暗下去的天色
一排深不可测的密林
遮住了远景

七月廿三日

蒲江鹤山

选自 1941 年《诗垦地》丛刊第 6 期

# 索 居

他们都说时候不久
苦恼的生活就要抛开
一个新的早晨将轰然诞生
朝日的旗帜拂去草叶的泪珠

一群神明的人歌唱着
簇拥走进城中
在那里他们长久驻扎
把欢乐的种子一粒粒撒播

人们忘记祈祷
也不再听到往日沉郁的钟声
在堂前他们扔去命运的偶像
幼小者将翻读新的赞美诗

逃亡的回到久别的家园
把葡萄园重新修葺
打开窗户又招呼邻友
颤抖的手斟满一杯杯祝福的酒

欢迎你，铁的生客
列车轰隆隆从家门前驶过

和煦的风带来春的讯息

回来了：我的青山，我的峡谷

一九四九

原载 1949 年 9 月《雅安新康报》副刊

选自圣野、曹辛之、鲁兵选编：《黎明的呼唤》，四川人民出版社，1982 年

# 耿振华

| 作者简介 | 耿振华 (1913—1985)，河北藁城（今河北石家庄藁城区）人，曾用名耿星华，笔名星华、木将等。1938 年因战乱漂泊到西安临时大学，其间开始文学创作，并积极参加华北流亡学生救亡运动。抗战后期到成都，在《华西日报》等报刊发表诗作。中华人民共和国成立后，在西南师范学院（现西南大学）工作。著有诗集《风雨十年》。

## 北国的夏在战斗着呵

长鞭摇起尘土，
马蹄踏着萎叶，
跎跎地，跎跎地……
驰骋着的马车
载着炎夏来了，
在这干燥的季节
少雨的北国。

北国的小河，跳动着

浑黄的

悲凉的浪头，

北国的森林，在酷热的

晴空下，透出

晶蓝的抑郁的

沉默的消息。

北国错落散布着的农屋，躺在

阳光下，有力无声的

颤抖而沉吟。——

然而，它古老的主人呢？

横笑了一声

没入了草原，

永不回头地

去了！……


他们这些终古生养于斯的农民后代

被鞭挞着离开

山原

河流

沙漠

草原……

他们得战斗！

走着，不！他们是在爬呵，

像一个永不歇脚的老蚂蚁

奔波在无终止的沙滩。

在雄伟的森林里

闪出了一家黯澹的泥舍，

煮山鸡灶中喷出来的烟

薰红了刚自野袭归来的

疲乏的

黑笑着的眼睛。

静寂的窗外

伸出了草盖着的

苍茫的山原，

已没有了随羊的呼啸转入

深幽的牧女的梦。

北国，

这枯涸少雨而悲哀的地带呵！


北国的土地是悲哀的，

北国的山原是茫茫的，

北国的季节是少雨的，

这宜于烽火的国土呵！

从辽阔的

弥天的草莽里，

爆发了反抗的愤怒的烈火：

"兄弟们，到动委会开会去！"

"兄弟们，再完成这次野袭的胜利！"

北国的夏在战斗着呵！

1938.6.18 城固

选自木将：《风雨十年》，西南师范大学出版社，1985 年

# 二四〇斤谷草

采之欲遗谁？
所思在远道。
还顾望旧乡，
长路漫浩浩。
　　——古诗十九首

一


小镇，高踞在土岗上，
周围二十里平原
它带领着许多疏疏落落的村庄。
十里路上，
农人们抬起头，满足地笑着，
看小镇拥着城堡，
像看黑夜里的幸福的星光——
小镇脚下横躺着滹沱河，
终日地流着浑黄的波浪。
农人们辛勤收获的谷、豆、棉……
由小镇装船运到天津；
回来的船只带回了
洋货、金钱、愉快、爱情和
嘈杂的声浪。

而今，

战争来了！

风暴随着秋雨洒落在小镇上，

死的怖恐，穿过街道，飞上屋檐，

剥蚀着人们的心房。


上尉，以一个老骑兵的眼，

端望着这滚滚的泥浪。

"什么时候会晴天呢?"他剁着脚，

土城在脚下发出潮湿的声响。

他想起：

他曾衔命突击

进犯漕河堡垒的敌寇，

向北十里，

他离开他们驻扎的村庄。

敌机、炸弹、炮声，使大地变成迷雾，

而军中传言着败了阵，

他本能地率领着部下

随着溃退之群，

经过保定、安国，向南三百里，

来到这小镇上。

"汉奸太多呀！"军中互相警戒，

士兵们去掉一切符号

躲避着敌探的目光。

于是：骑兵、步兵，便衣队，混作一团。

他们根本没有领章臂章。

上尉，带着部下，以轻骑兵的身手，

渡了河，尽先抢到这个小镇上；
稳稳气，期待寻到大队长和官长，
十天了，他枯守在小镇上。
但营、团、师及一切长官们呵，
哪里去了呢？
他等待着，如石沉大海一样。
每天，他登上土城向北瞩望，
士兵，难民，这成群的人流，
乌鸦归巢般退向后方。
弥望的，黑鸦鸦的士兵呵，
都没有了符号，不成建制，
在焦躁地寻觅他们的队伍和官长，
日夜里困守在那一个个
平原里疏疏落落的村庄。……


雨，像轻纱般遮盖住原野，
原野，草，谷，棉仁立着；
镇北，自西向东，
流过一片汪洋波涛。
上尉想到士兵三餐已经成了问题，
连马都病了，因为吃不到干草。
他等待着大队，向北瞩望，
像少妇期待她的情郎。
据说秦朝末年的陈胜吴广，
身被流徙，他们困脚于大泽乡。
人和马辘辘饥肠，
看不到音讯，只听到雨落屋顶响。

"不！我是一个百战的轻骑兵呵！"
但却蹩脚在这么个小镇上——
小镇的东面是一个小小的县城，
小镇的西面是繁忙的石家庄。
南北东西，公路在街心打成十字，
北面的滹沱河奔腾着浑黄的浊浪。
战争的恐怖覆盖着广阔的原野，
他，一个老骑兵，却饿困在小镇上。
"我们要战斗，
为祖国效命疆场！"
但"归来吧，我们的队伍！"
他期待着，像少妇期待她的情郎。

二


小镇上收到了一封救国连锁，
像静水的涟漪暗自传播：
"要是中国人，不是东洋贱货，
请你发同样五封信并送二四〇斤谷草，
接济驻军的粮秣。"
后面罗列着行营长官和师长的名字，
"否则，菩萨定要降下灾祸！"
……
上尉惊喜着人民送来了谷草，
士兵们也分得了米面的慰劳。
"农夫都跟军队合作，
现在的战争不同了！"——

乌云在随着秋风飞飘，
太阳露出了脸，明媚照耀。
纵有急如星火的逃亡之群，
也掩不住内心的欢笑！
今天，他烦恼消失，
愉悦兴奋，他又登上了城堡。

孩子们传说一个跛脚僧人募化干草，
出没在平原上的各个村落。
他看到诚朴的人民一批批背来干草，
又空了担子，踽踽地走掉。
在街心，在河滩，在码头，
枯干的谷草堆积着……

愉快明媚秋天的晴郊，
太阳冲出云朵四野照耀。
传令兵带来消息：我军战车一百辆，
渡河北上，下午四时自镇南来到。
上尉看表已三点，急速下令停运干草
率领士兵占领码头，不许喧嚣。

我军战车因道路泥泞未到目的地，
奇怪，西北方倒出现了三架敌机。
炸弹打中了河岸，
谷草顿时火起。
上尉正待命令救火，
枪声传来，发现匪徒向小镇袭击。

……

三

袭击的匪徒直到午夜散去，
小镇被丢在凄凉与寂寞里。
士兵在殴打送谷草的人们，
连部里倒绑着一个奸细……
不！这无宁说是一个可怜的老农，
他为了一元钱的报酬来探听消息。
"主使的人是一个金先生，"他说，
"要我看看有无战车损失。"
骑兵上尉举起了皮鞭，
老农的背上留下了印记。
他痛叫，并唏嘘地言语，
书记笔下留下金先生的事迹——

十年前小镇上有个武举的儿子，
放荡生活耗尽了他万贯家私。
仰仗祖先的德荫，他作了商会会长，
并拥带三千个团队武力。
光荣和勋业救不了他，
他吞没公款后流浪异地。
五年后回来时他带回了一个妇人，
和一个叫作金的跛脚干儿子。
自此武举的儿子不再贫穷，
周围环绕着不三不四的浮浪子弟。

（小镇高踞在土岗上，
它拥带着周围富足的村庄。
镇边滹沱河直到天津，
西去五十里是繁荣的石家庄。
村庄上的棉花谷豆从这里输出，
归来将带回金钱洋货和安详。
小镇是人们的心脏，
人们看小镇象看午夜的星光。）
他们大价钱把棉花运到天津，
便宜地带回洋糖洋布和烟土。
石家庄有人接济他们的枪支，
他们做着秘密生意。
烟土在镇上须再经过制造，
金先生是唯一制造烟土的技师。
初来时自称外乡人，
但不会日常的言谈话语。
时间证明，他似乎是江湖医士，
能打六〇六，还治感冒风湿。
有钱花，但从不骄傲，
孩子们嘴里常含着他的糖糕。
年关临近，人们过不了年，
他周济他们，慷慨地解开钱包。
"金先生来了！"当他出现在茶馆，
多少人脱下帽，露出了欢笑。
……

省城里传来了消息，

宋主席要武举的儿子。

一个夜晚他失了踪，

半月后他躺在小城的刑场里。

听说弟兄们从此散了伙，

那个妇人也失了音息。

只有金先生，他留在镇上，

此后的职业又成为小学教师。

他有二百几十个盟兄把弟，

人们向他问短问长；

人们扑向他，

像扑灯蛾扑向灯光。


战争来了，

他比任何人都感到灾难和不幸；

他流着眼泪宣传抗战，

辛勤地募集粮秣和棉衣。

"怎么？现在他在那里?"（上尉问）

老农说："几天来没有见到那姓金的。"


像打了寒冻的冰雹，

上尉的心里冷如刀搅。

十年来驰骋疆场的轻骑兵，

却落在了匪徒们的圈套！

盖世的愤怒使他丧失了理智，

他竟敢冒天下之大韪：

索性封锁小镇，枪击送谷草的人们，

公开与人民作对！……

# 四

夜神收敛了青黑色的羽翼，
小镇却陷在冷落与凄清里。
"去他妈的，命令送谷草的是你，
打死送谷草的也是你！"
像是响应统一的号令，
人们钻到青纱帐里。
秋天，阴雨连绵，
玉蜀黍、高粱列成一个轻纱幔。
田野，牛马停止呼唤，
村落，没有炊烟。


人们传说着：
驻在小镇上的骑兵快要开发，
临行前要抢掠妇女和牛马，
这些军队根本没有长官，
出身土匪，打劫人家。
谣言像是一阵风，
说退到村庄上的也是匪军；
他们没见到敌人就败了阵，
到处抢掠，奸淫。
（上尉看不到镇上的人民，没有粮食，
把镇内的猪羊先后宰杀；
庭院的果子又肥又大，
好的吃了，坏的喂了战马。）

"他们吃了我们的牛羊鸡鸭，
打死我们的兄弟，破坏了古老之家！"
人们像吹起号角的猎狗，咆哮着，
在鬼子到前先来个奸匪的残杀。

……

日子在动乱中消失，
上尉焦急，像在油锅里煎熬。
每天皱着眉登上土城，
恐怖的枪声田野漫延。
骑兵的行列也曾在镇外出现，
田野阒无一人，人们四下星散。
待回头一两个士兵留在外边，
不是被狙击，就是一去不复还。

滹沱河的泥浪空自悠悠，
摆渡的船只永不停休。
散乱的士兵，栖皇的难民奔驰着，
展现出一片无声的溃退的人流！
上尉焦躁地问："同志，你是哪里来?"
回答是一个默默地摇头。
偶尔也会遇到一两个好事的
回答几句疑惑不定的话，
也会在同伴们白眼下："汉奸太多"，
把应说的话吞下咽喉。

愤怒和烦躁紧锁着上尉的眉梢，

仇恨的种子在士兵心中根深蒂牢。
人们被士兵开枪打死，
士兵间或也被人们暗地杀掉。
今天传言敌人占领了石家庄，
明天又说我军大队潜逃。
但长官们的消息如石沉大海，
前进？后退？还是继续等死神来到？

秦朝末年的陈胜吴广，
身为流徙，困脚于大泽乡。
隔绝了外边的消息，
听雨打房檐响。
每天上尉登上城头，
滹沱河的水空自悠悠：
"在祖国的疆土上，
我经过一百个战争。
今天，没有到敌人，
已丢掉了作战的精神！"

秋天的河鼓动着浑黄的波澜，
秋天的雨侵着人们的忐忑的心，
自由的幼苗。
溃退的人流滚动着像秋雨下的谷穗，
漫野里传送着冷枪的回音……

1944.1.22 龙兴寺

选自木将：《风雨十年》，西南师范大学出版社，1985 年

# 春天来了

"雪落在中国的土地上，……"
但寒冷封锁不了中国呀！

——序诗

像倦累的驮马卸下沉重的货载
喘着气：嘘，嘘……
春天，穿过了严冬冰雪的封锁，
像一个红面庞的历史巨人，
从大地北极的阴凉的寒流，
从峭栗北风的颤抖里，
从昆虫蛰伏的古屋的阶下，
从一切世界上萧索昏睡的角落，
踽踽地，纡缓地，
然而却是确实地，笨重地
翻起身来了，
春天来了！
这明媚的愉快的幸福的春天呀！

让我们打开窗子眺望原野：
山脚下红桃绽开了笑靥，
原野上菜花点缀了黄金，
河坝上辉映着雪亮的水流，

村墟里隐约着人家的炊烟；

看！那个小学生，

脸上泛起爽朗的光彩，

提着娇小的书包，

跳跃地走向那坐落在

山坡上的以寺院改装成的学堂里；

看！那个劳动的农夫，

手把着耕犁，

吆喝着播种，

脚下翻开了长眠的泥土。

——哎，狂跳的胸膛呀，

让我们亲吻泥土吧！

让我们亲亲大地吧！

大地的母亲生下了我们，

养育着我们，

更给予了我们以这样愉快的春天，

真的，"山重水复疑无路，

柳暗花明又一村"；

脚下是翡翠般的小草，

田塍上婀娜的是杨柳的摆腰；

山头上冰冷的白雪早已消融，

听鸟雀的叫声，

看一切风物呈现出欢笑。

诗人说："寒冷在封锁着中国呀！"

而今，"寒冷封锁不了中国呀！"

我们渴望着的春天呀，

终于到来了！

而在这个愉快的春天里，

人们都消失了一切的暗淡的心影，

亲密得一个人似的，

在愉快地流泪，

在共同的事业前提下跳着同一的旋律：


祝福你钢铁的斯大林！

祝福你乌克兰白俄罗斯的英雄们！

从莫斯科到华沙，

从华沙到奥得河畔，

愿你们响成一个的声音

响得更响亮更勇敢：

"到柏林去，到柏林去！"

"把新生带到柏林！"

"把世界纵火的强盗

把横暴的法西斯匪徒

一网打尽！"


祝福你民主的寿星罗斯福！

祝福你尼米兹·密契尔以及

一切美利坚的战士们！

你们以无比的英勇合围着

西欧的法西斯盗匪，

你们在东方进行着正义的战争，

你们以愤怒得足以烧焦石块的心

向硫磺岛，向日本本土以及一切

日寇侵淫的地方

倾倒着烧红的钢铁！

祝福你世界上一切爱好和平的人们！
你们以身躯，以血汗，以生命
坚执正义！
自由的法兰西站起来了！
新生的波兰站起来了！
听南国人民要求民主的声音！
听保国人民审判法西斯黩武罪犯！
而且，我们更以无限的热情
拥护大英帝国拒绝同西班牙
反动头子弗朗哥签订
阴毒害人的协定！
……


一样的大地，
一样的春风，
春风簸扬着发芽的青草，
春风滋长着新生的和平。
在我们东方，
在我们爱着的可爱的祖国大地呵，
在滨海的地带，
在大陆的高山，
在一切把敌人驱逐后的解放区，
为了驱逐日本强盗
人民喊出自己的语言，
走到工厂，

走上田间，

站在自己的岗位上，

为将来的光明出一把汗，

为反抗日寇增加生产；

大家以铁的力量摧毁敌伪，

大家愉快地生活在自己的土地上

为自己工作，吃自己的饭；

大家渴望着的人类的春天终于到来了，

配合了整个人类前进的脚步，

生活在繁荣兴旺愉快的春天。

在我们伟大祖国辽阔的后方呵，

人民将不再暗哑，

为了祖国，为了家，伸出了臂膀；

"科学""民主"是真理的号角，

在人民力量的震撼下，

旧世界的渣滓消声敛迹，

法西斯梯们走向死亡；

一切善良的报章，

这人类声音的表象，

今天敢于担当救国的责任，

大书"各党派要团结!"

共申民主团结的力量！

……


像倦累的驮马解下了货载，

春天，以盖世的英武

踢开了冬雪的封锁，

从大地北极的寒流，

从料峭的北风，

从埋葬枯骨的古墓，

从一切被虐待被屠杀的

一切不幸者的棚穴中，

迈着沉沉的大步

出现在大地上了！

大地睁开惺忪的眼，

注视着长夜过去的黎明；

面对朝暾，

注视着轻快的阳光。

哎，不睡了，

打开窗子：

让我们迎接明媚的春天，

让我们迎接大地的春光：

自莫斯科，这人类的心脏，

穿过苏醒的波兰、法兰西、

大英帝国，横跨大西洋，

西至美利坚，

东到我们祖国的原野上，

人们跳着共同命运的脉搏，

消灭人类的公敌，

消失了往日的猜忌与阴凉，

共同愉快地在春天里生长；

自西徂东，

自东至西，

横扫全世界的是

未来新世界的曙光。

这人们渴望的春天终于来了！
这明媚的愉快的人类的春天呀！

1945 年 2 月中旬　龙兴寺
选自木将：《风雨十年》，西南师范大学出版社，1985 年

# 古承铄

| 作者简介 |　　古承铄（1920—1949），四川南川（今重庆南川区）人，笔名向乐、永恒、陈灼、林松、曾索、嘉南等，中共党员，诗人、音乐家，曾写过许多讽刺诗。1948 年 5 月被捕，囚于重庆"中美特种技术合作所"渣滓洞集中营。1949 年，被国民党反动派集体杀害于重庆"中美特种技术合作所"松林坡。部分诗歌曾收入诗集《囚歌》。

## 薪水是个好活宝

薪水是个大活宝，
想和物价来赛跑，
物价一天涨一天，
薪水半年赶不到。
赶不到呀赶不到，
公教人员啷开交？
这个日子天知道，
怎么能够过得了？

年老的爹妈要活命，

小小孩儿要温饱；

自己忽然得了病，

那时有谁来照料？

过不了呵吃不消，

竟有人还在旁边哈哈哈哈笑！

可恨可恨又可恼，

这样的日子要改造，要改造！

1946 年 6 月于北碚

选自《囚歌》，重庆人民出版社，1960 年

## 綦江河

綦江河水清又清，

两岸碧草绿茵茵；

船娘划桨儿打鱼，

娘儿母子笑盈盈。

太平日子不长久，

谁知又要抽壮丁，

提起了抽丁心恼恨，

娘痛儿来儿痛心。

去年才把日本打，

今年又去打谁人？

为谁战争为谁苦，

为谁抛妻别父母，

为谁离家当炮灰，

为谁丢了田和土？

年轻人的日子不好过，

这样的痛苦向谁诉。

1946 年 10 月于江口

选自《囚歌》，重庆人民出版社，1960 年

## 黎明之前 (组诗)

### 这样不是那样

这样不是那样，

事实不是想象，

黑夜不是白天，

月亮不是太阳。


苦闷不是悲哀，

欢喜不是奸笑，

黑夜处处有强盗，

谨慎不是胆小。

黎明之前黑暗，
黑暗之中混乱，
世上总有阳光，
黑夜毕竟很短。

## 大粪认蜜蜂

老鼠认作猫，
猫儿认作虎，
魔鬼认作人，
强盗认作父。

欺凌认儿戏，
作伪认民意，
求知认罪过，
镇压认宣慰。

你的认我的，
叔娘认夫妻，
英雄认流寇，
正义认投机。

大事认小事，
良女认娼妓，
打手认难民，
南北认东西。

一切假认真，
大粪认蜜蜂。

## 天还没有亮

天还没有亮，
忌讳说黑暗，
黑暗黑黝黝，
茫茫看不见，

道路虽不远，
何妨下细点，
纵使狂风暴雨多，
为了发光要大胆！

## 反内战

学潮！学潮！
饥饿！难熬！
难熬！难熬！
"请把嘴巴闭倒！"
"打内战是为了'统一'，
反内战是啥蹊跷？
游什么行来请什么愿，
呼什么吁来喊什么口号？
你是百姓我是官，
百姓哪能与官来作对，

年轻人怎敢这样大胆！"

## 去年过了今年到

去年过了今年到，
今年来了真热闹，
红红绿绿到处有，
印出"关金"发大钞。

物价听见喜洋洋，
一跳跳到八丈高；
涨风从此满天下，
大钞魔力如虎豹！

苦的苦来乐的乐，
苦的苦来笑的笑！
投机老板喜洋洋，
囤积了货物想翻梢。

公教人员老百姓，
都在一边大嚎啕，
苦工做了一个月，
一件布衣买不到！

## 追　求

有人追求黄金，

我追求良心；
有人追求女人，
我追求爱情——
种下瓜儿便生瓜，
种下民主开遍自由花；
种出爱情爱天下，
天下人民也爱他。

1947 年于重庆

选自《囚歌》，重庆人民出版社，1960 年

# 光未然

| 作者简介 | 　光未然（1913—2002），湖北光化（今湖北老河口市）人，原名张文光，笔名光未然、蓝枫、无明、李怀、华山、张光年、华夫、黎青等。20 世纪 30 年代起从事进步戏剧活动和文学活动。1940 年赴重庆，积极推动大后方诗歌朗诵运动的发展。皖南事变后，远赴缅甸开展工作，后辗转到达昆明，与李公朴、闻一多等密切合作开展统一战线工作。中华人民共和国成立后，在北京从事文艺活动，先后担任《剧本》《文艺报》《人民文学》主编。著有诗集《五月花》，论文集《戏剧的现实主义问题》《文艺辩论集》《风雨文谈》等。主要著述收入《张光年文集》。

## 春　礼

山城上拨开了重重的雾气
报贩们叫卖着胜利的消息
看人们从愁眉中展开笑脸
让鞭炮的残屑在街头填满

尽管火药的气味夹着酒香
那惺忪的酒眼也望着前方
是你们在血泊里拼着性命
用血肉换来了欢乐的新春

雪花卷着炮烟在山头舞弄
你说这是冬风呢还是春风
树梢头发出嫩黄色的枝叶
哨岗上已偷换了新的岁月
在雪地在山丛在壕沟的人
又是一年了啊我向你提醒

旧历年好比是陈年的老酒
老白干比红葡萄味道浓厚
你可能在战壕边干上一杯
教脸上涌现出新春的光辉
也托春风播送更多的捷音
让欢歌与狂舞涨破了山城

你也许对着酒杯立下誓言
宝重血汗做的一颗颗子弹
未瞄准前得先把对象认清
一颗子弹要打死一个敌人
春风里多少母亲依门远望
别瞄错了方向把归期延长

在雪地在山丛在壕沟的人

又是一年了啊我向你提醒

连惺忪的酒眼也望着战地

我跟着大家寄上这份春礼

倘使这份礼物能带到战壕

你郑重收下吧别对着苦笑

选自 1940 年 2 月 10 日《新蜀报》副刊《蜀道》

## 怀　念

我在地之南

你在天之北

你惦记着我

我惦记着你

你那里风沙迷眼

我这里白雾压眉

你那里登高呼唤

我这里没有消息


你是那健走的白马

我是那受伤的毛驴

我是那弦上的箭

你是那游动的标的

你在飞奔

我愿追随

你今晚越过第几个山头
我不知明朝寄食何地

你是那天上的云雀
我是那笼里的雄鸡
你是那浪头搏斗的海燕
我是那晚潮退下的涸鱼
你在呼唤
我在低徊
你在搏斗
我在悲戚

你那里山中卷起了阴霾
我这里重重被雾气包围
你那里狼群窥伺着牛群
我这里有人酣眠不起
你眼中充满着沸腾的泪水
我也忿恨那引火的豆萁
你在苦笑
我在叹息

我这里孤灯独坐
你那里星夜奔驰
我这里苦苦怀念
你那里没有消息
我在低吟
你在高飞

我在
地南
你在
天北

选自 1940 年 2 月 22 日《新蜀报》副刊《蜀道》

# 郭沫若

| 作者简介 | 郭沫若（1892—1978），四川乐山人，原名郭开贞，号尚武，字鼎堂，笔名沫若、麦克昂等，文学家、历史学家、革命家。1913 年留学日本。1921 年与郁达夫、成仿吾等组织发起创造社。1926 年参加北伐战争，先后任国民革命军总政治部副主任、代理主任等职。1928 年流亡日本，从事中国古代历史和古文字研究。1937 年回国，任国民政府军委会政治部第三厅厅长等职，组织和领导文艺抗战工作。中华人民共和国成立后，任中华全国文学艺术界联合会主席、中国科学院院长等职。著有诗集《女神》《星空》《瓶》《恢复》《新华颂》《百花齐放》《潮汐集》，历史剧《三个叛逆的女性》《屈原》《虎符》《孔雀胆》《蔡文姬》，专著《中国古代社会研究》《十批判书》《奴隶制时代》等。主要著述收入《郭沫若全集》。

## 凤凰涅槃
——一名"菲尼克司的科美体"

希腊国古有神鸟名"菲尼克司"（Phoenix），满五百岁后，集香木自焚，再从死灰中更生，鲜美异常，不再死。

按此鸟即吾国所谓凤凰也。雄为凤，雌为凰。《孔演图》云："凤凰火精，生丹穴。"《广雅》云："雄鸣曰即即，雌鸣曰足足。"

## 序　曲

除夕将近的空中，
飞来飞去的一对凤凰，
唱着哀哀的歌声飞去，
衔着枝枝的香木飞来，
飞来在丹穴山上，
山右有枯槁了的梧桐，
山左有消歇了的醴泉，
山前有浩茫茫的大海，
山后有阴莽莽的平原，
山上是寒风凛烈的冰天。

天色昏黄了，
香木集高了，
凤已飞倦了，
凰已飞倦了，
他们的死期将近了。
凤啄香木，
一星星的火点乱飞。
凰扇火星，

一缕缕的香烟上腾。

凤又啄，

凰又扇，

山上的香烟弥散，

山上的火光弥满。

夜色已深了，

香木已燃了，

凤已啄倦了，

凰已扇倦了，

他们的死期已近了！


啊啊！

哀哀的凤凰！

凤起舞，低昂。

凰唱歌，悲壮。

凤又舞，

凰又唱，

一群的凡鸟，

自天外飞来观葬。


## 凤　歌


即！即！即！

即！即！即！

茫茫的宇宙，冷酷如铁！

茫茫的宇宙，黑暗如漆！

茫茫的宇宙，腥秽如血！

宇宙呀！宇宙！

你为什么存在？

你自从哪儿来？

你坐在哪儿在？

你还是个有限大的空球？

你还是个无限大的整块？

你若是个有限大的空球，

那拥抱着你的空间

他从哪儿来？

你的外边还有些什么存在？

你若是个无限大的整块，

这被你拥抱着的空间

他从哪儿来？

你的当中为什么又有生命存在？

你到底还是个有生命的交流？

你到底还是个无生命的机械？


昂头我问天，

天徒矜高，莫有点儿知识。

低头我问地，

地已死了，莫有点儿呼吸。

伸头我问海，

海正扬声而呜咽。


啊啊！

生在这样个阴晦的世界当中，

便是把金刚石的宝刀也要生锈！
宇宙呀！宇宙！
我要努力地把你诅咒！

你脓血污秽着的屠场呀！
你悲哀充塞着的囚牢呀！
你群鬼叫号着的坟墓呀！
你群魔跳梁着的地狱呀！
你到底为什么存在？

我们飞向西方，
西方同是一座屠场！
我们飞向东方，
东方同是一座囚牢！
我们飞向南方，
南方同是一座坟墓！
我们飞向北方，
北方同是一座地狱！
我们生在这样个世界当中，
只好学着海洋哀哭！

## 凰　歌

足！足！足！
足！足！足！
五百年来的眼泪倾泻如瀑！
五百年来的眼泪淋漓如烛！

流不尽的眼泪！

洗不净的污浊！

浇不熄的情炎！

荡不去的羞辱！

我们这飘渺的浮生

到底要向哪儿安宿？


啊啊！

我们这飘渺的浮生

好像那大海里的孤舟！

左也是潓漫，

右也是潓漫，

前不见灯台，

后不见海岸，

帆已破，

樯已断，

楫已飘流，

柁已腐烂，

倦了的舟子只是在舟中呻唤，

怒了的海涛还是在海中泛滥。


啊啊！

我们这飘渺的浮生，

好像这黑夜里的酣梦！

前也是睡眠，

后也是睡眠，

来得如飘风，

去得如轻烟。
来如风，
去如烟，
眠在后，
睡在前，
我们只是这睡眠当中的
一刹那的风烟！

啊啊！
有什么意思？
有什么意思？
痴！痴！痴！
只剩些悲哀，烦恼，寂寥，衰败，
环绕着我们活动着的死尸，
贯串着我们活动着的死尸。

啊啊！
我们年青时候的新鲜哪儿去了？
我们年青时候的甘美哪儿去了？
我们年青时候的光华哪儿去了？
我们年青时候的欢爱哪儿去了？
去了！去了！去了！
一切都已去了！
一切都要去了！
我们也要去了！
你们也要去了！
悲哀呀！烦恼呀！寂寥呀！衰败呀！

啊啊！

火光熊熊了！

香气蓬蓬了！

时期已到了！

死期已到了！

身外的一切！

身内的一切！

一切的一切！

请了！请了！


## 群鸟歌

### 岩　鹰

哈哈！

凤凰！凤凰！

你们枉为这禽中的灵长！

你们死了么？

你们死了么？

我才欢喜！

我才欢喜！

从今后该我为空界的霸王！

### 孔　雀

哈哈！

凤凰！凤凰！

你们枉为这禽中的灵长！

你们死了么？

你们死了么？

我才欢喜！

我才欢喜！

从今后请看我花翎上的威光！

鸱　枭

哈哈！

凤凰！凤凰！

你们枉为这禽中的灵长！

你们死了么？

你们死了么？

我才欢喜！

我才欢喜！

哦！是哪儿来的鼠肉馨香？

家　鸽

哈哈！

凤凰！凤凰！

你们枉为这禽中的灵长！

你们死了么？

你们死了么？

我才欢喜！

我才欢喜！

从今后请看我们驯良百姓的安康！

## 鹦　鹉

哈哈！

凤凰！凤凰！

你们枉为这禽中的灵长！

你们死了么？

你们死了么？

我才欢喜！

我才欢喜！

从今后请听我们雄辩家的主张！

## 白　鹤

哈哈！

凤凰！凤凰！

你们枉为这禽中的灵长！

你们死了么？

你们死了么？

我才欢喜！

我才欢喜！

从今后请看我们高蹈派的徜徉！

## 凤凰更生歌

听潮涨了！

听潮涨了！

死了的光明更生了！

春潮涨了！

春潮涨了！

死了的宇宙更生了！


生潮涨了！

生潮涨了！

死了的凤凰更生了！


我们更生了！

我们更生了！

一切的一，更生了！

一的一切，更生了！

我们便是"他"，他们便是我！

我中也有你，你中也有我！

　我便是你！

　你便是我！

　火便是凤！

　凤便是火！

　翱翔！翱翔！

　欢唱！欢唱！


我们光明呀！

我们光明呀！

一切的一，光明呀！

一的一切，光明呀！

光明便是你，光明便是我！

光明便是"他"，光明便是火！

火便是你！

火便是我！

火便是“他”！

火便是火！

翱翔！翱翔！

欢唱！欢唱！


我们新鲜呀！

我们新鲜呀！

一切的一，新鲜呀！

一的一切，新鲜呀！

新鲜便是你，新鲜便是我！

新鲜便是“他”，新鲜便是火！

火便是你！

火便是我！

火便是“他”！

火便是火！

翱翔！翱翔！

欢唱！欢唱！


我们华美呀！

我们华美呀！

一切的一，华美呀！

一的一切，华美呀！

华美便是你，华美便是我！

华美便是“他”，华美便是火！

火便是你！

火便是我！

火便是"他"！

火便是火！

翱翔！翱翔！

欢唱！欢唱！


我们芬芳呀！

我们芬芳呀！

一切的一，芬芳呀！

一的一切，芬芳呀！

芬芳便是你，芬芳便是我！

芬芳便是"他"，芬芳便是火！

火便是你！

火便是我！

火便是"他"！

火便是火！

翱翔！翱翔！

欢唱！欢唱！


我们和谐呀！

我们和谐呀！

一切的一，和谐呀！

一的一切，和谐呀！

和谐便是你，和谐便是我！

和谐便是"他"，和谐便是火！

火便是你！

火便是我！

火便是"他"！

火便是火！

翱翔！翱翔！

欢唱！欢唱！


我们欢乐呀！

我们欢乐呀！

一切的一，欢乐呀！

一的一切，欢乐呀！

欢乐便是你，欢乐便是我！

欢乐便是"他"，欢乐便是火！

火便是你！

火便是我！

火便是"他"！

火便是火！

翱翔！翱翔！

欢唱！欢唱！


我们热诚呀！

我们热诚呀！

一切的一，热诚呀！

一的一切，热诚呀！

热诚便是你，热诚便是我！

热诚便是"他"，热诚便是火！

火便是你！

火便是我！

火便是"他"！

火便是火！

翱翔！翱翔！

欢唱！欢唱！


我们雄浑呀！

我们雄浑呀！

一切的一，雄浑呀！

一的一切，雄浑呀！

雄浑便是你，雄浑便是我！

雄浑便是"他"，雄浑便是火！

火便是你！

火便是我！

火便是"他"！

火便是火！

翱翔！翱翔！

欢唱！欢唱！


我们生动呀！

我们生动呀！

一切的一，生动呀！

一的一切，生动呀！

生动便是你，生动便是我！

生动便是"他"，生动便是火！

火便是你！

火便是我！

火便是"他"！

火便是火！

翱翔！翱翔！

欢唱！欢唱！


我们自由呀！

我们自由呀！

一切的一，自由呀！

一的一切，自由呀！

自由便是你，自由便是我！

自由便是"他"，自由便是火！

火便是你！

火便是我！

火便是"他"！

火便是火！

翱翔！翱翔！

欢唱！欢唱！


我们恍惚呀！

我们恍惚呀！

一切的一，恍惚呀！

一的一切，恍惚呀！

恍惚便是你，恍惚便是我！

恍惚便是"他"，恍惚便是火！

火便是你！

火便是我！

火便是"他"！

火便是火！

翱翔！翱翔！

欢唱！欢唱！

我们陶然呀！
我们陶然呀
一切的一，陶然呀！
一的一切，陶然呀！
陶然便是你，陶然便是我！
陶然便是"他"，陶然便是火！
　火便是你！
　火便是我！
　火便是"他"！
　火便是火！
　翱翔！翱翔！
　欢唱！欢唱！

我们神秘呀！
我们神秘呀！
一切的一，神秘呀！
一的一切，神秘呀！
神秘便是你，神秘便是我！
神秘便是"他"，神秘便是火！
　火便是你！
　火便是我！
　火便是"他"！
　火便是火！
　翱翔！翱翔！
　欢唱！欢唱！

我们悠久呀!

我们悠久呀!

一切的一,悠久呀!

一的一切,悠久呀!

悠久便是你,悠久便是我!

悠久便是"他",悠久便是火!

　　火便是你!

　　火便是我!

　　火便是"他"!

　　火便是火!

　　翱翔!　翱翔!

　　欢唱!　欢唱!


我们欢唱!

我们欢唱!

一切的一,常在欢唱!

一的一切,常在欢唱!

是你在欢唱?　是我在欢唱?

是"他"在欢唱?　是火在欢唱?

　　欢唱在欢唱!

　　只有欢唱!

　　只有欢唱!

　　只有欢唱!

　　欢唱!

　　　欢唱!

欢唱！

一九二〇年一月二十日

选自 1920 年 1 月 30 日、31 日《时事新报》（上海）副刊《学灯》，署名沫若

## 浴　海

### 一

太阳当顶了！

无限的太平洋鼓奏着男性的音调！

万象森罗，一个圆形舞蹈！

我在这舞蹈场中戏弄波涛！

我的血同海浪潮，

我的心同日火烧，

我二十年来的尘垢秕糠

早已全盘洗掉！

我如今变了个脱了壳的蝉虫，

正在这烈日光中放声叫。

### 二

太阳的光威

要把这全宇宙来熔化了！

弟兄们！快快！

快也来戏弄波涛！

趁着我们的血浪儿还在潮，

趁着我们的心火儿还在烧，

快把那陈腐的旧皮囊

全盘洗掉！——

新中华的改造

全赖吾曹！

选自 1919 年 10 月 24 日《时事新报》（上海）副刊《学灯》，署名沫若


## 夜步十里松原


海已安眠了。

远望去，只见得白茫茫的一片幽光，

听不出丝毫的涛声波语。

啊啊，太空！怎样这样的高超，自由，宏敞，清寥！

无数的明星正圆睁着他们的眼儿

在眺望这美丽的夜景。

十里松原中无数的古松

都高撑着他们的手儿沉默着在赞美天宇。

他们一枝枝的手儿在空中战栗。

我的一枝枝的神经纤维在我身中战栗。

选自 1919 年 12 月 20 日《时事新报》（上海）副刊《学灯》，署名沫若

# 晨 安

## 一

晨安！常动不息的大海呀！

晨安！明迷恍惚的旭光呀！

晨安！诗一样涌着的白云呀！

晨安！平匀明直的丝雨呀！诗语呀！

晨安！情热一样燃着的海山呀！

晨安！梳人灵魂的晨风呀！

晨风呀！你请把我的声音传到四方去吧！

## 二

晨安！我年青的祖国呀！

晨安！我新生的同胞呀！

晨安！我浩荡的南方的扬子江呀！

晨安！我冻结着的北方的黄河呀！

黄河呀！我望你胸中的冰块早早解化呀！

晨安！万里长城呀！

啊啊！雪的旷野呀！

啊啊！我畏敬的俄罗斯呀！

晨安！我畏敬的 Pioneer 呀！

## 三

晨安！雪的帕米尔呀！

晨安！雪的喜玛拉雅呀！

晨安！Bengal 的泰戈尔翁 Tagore 呀！

晨安！自然学园里的学友们呀！

晨安！恒河呀！恒河里面流泻着的灵光呀！

晨安！印度洋呀！红海呀！苏彝士的运河呀！

晨安！尼罗河畔的金字塔呀！

啊啊！你在一个炸弹上飞行着的 D'annunzio 呀！

晨安！你坐在 Pantheon 前面的罗当翁 Rodin 的"沉思者"呀！

晨安！半工半读团的学友们呀！

晨安！比利时呀！比利时的遗民呀！

晨安！爱尔兰呀！爱尔兰的诗人呀！

啊啊！大西洋呀！

## 四

晨安！大西洋呀！大西洋畔的大陆呀！

晨安！我亲爱的亚美利加呀！

晨安！华盛顿的墓呀！林肯的墓呀！Whitman 的墓呀！

啊啊！恢铁莽呀！恢铁莽呀！太平洋一样的恢铁莽呀！

啊啊！太平洋呀！

晨安！太平洋呀！太平洋上的诸岛呀！太平洋畔的扶桑呀！

扶桑呀！扶桑呀！还在梦里裹着的扶桑呀！

醒呀！Mesame 呀！

快来享受这千载一时的晨光呀!

选自 1920 年 1 月 4 日《时事新报》(上海)副刊《学灯》,署名沫若


## 立在地球边上放号


无数的白云在空中怒涌,

啊啊!好幅雄壮的北冰洋的晴景呀!

无限的太平洋提起全身的力量来要把地球推倒。

啊啊!我眼前来了的滚滚的洪涛呀!

啊啊!不断的毁坏,不断的创造,不断的努力呀!

啊啊!力呀!力呀!

力的绘画,力的舞蹈,力的音乐,力的诗歌,力的 Rhythm 呀!

选自 1920 年 1 月 5 日《时事新报》(上海)副刊《学灯》,署名沫


## 心　灯


一


连日不住的狂风

吹灭了空中的太阳,

吹熄了胸中的灯亮。

炭坑中的炭块呀！……凄凉！

二

空中的太阳，胸中的灯亮，
同是一座公司底电灯一样：
太阳万烛光，我是五烛光，
烛光虽有多少，亮时同时亮。

三

放学回来，我睡在这海岸边的草场上，
海碧天青，浮云灿烂，衰草金黄。
是潮里的声音？是草里的声音？
一声声道：快向光明处伸长！

四

几个小巧的纸鸢正在空中飞放，
纸鸢们也像欢喜太阳：
一个个恐后争先，
不断地努力，飞扬，向上。

五

又有只雄壮的飞鹰来在我头上飞航，
闪闪翅儿又停停桨。

他从光明中飞来，又向光明中飞往，
我想到我心地里翱翔着的"凤凰"。

选自 1920 年 2 月 2 日《时事新报》（上海）副刊《学灯》，署名沫若

# 天　狗

一

我是一条天狗呀！
我把日来吞了！
我把月来吞了！
我把一切的星球来吞了！
我把全宇宙来吞了！

二

我便是"我"了！

三

我是日底光！
我是月底光！
我是一切星球底光！

我是 X 光线底光！

我是全宇宙底 Energy 底总量！

## 四

我飞奔！

我狂叫！我燃烧！

我如烈火一样的燃烧！

我如大海一样的狂叫！

我如电气一样的飞跑！

我飞跑！

我飞跑！

我飞跑！

我剥我的皮，

我食我的肉，

我饮我的血，

我啮我的心肝，

我在我神经上飞跑！

我在我脊髓上飞跑！

我在我脑筋上飞跑！

我便是"我"呀！

我的"我"要爆了！

（九·一·三〇）

选自 1920 年 2 月 7 日《时事新报》（上海）副刊《学灯》，署名沫若

# 日 出

## 一

哦哦，环天都是火云！
好像是赤的游龙，赤的狮子，赤的鲸鱼，赤的象，赤的犀。
你们可都是亚坡罗（Apollo）的前驱？

## 二

哦哦，摩托车前的明灯！
二十世纪的亚坡罗！
你也改乘了摩托车么？
我想做个你的运转手，你肯雇我么？

## 三

哦哦，光的雄劲！
玛瑙一样的晨鸟在我眼前飞纷。
明与暗刀切断了一样地分明！
明的是浮云，暗的也是浮云，
同是一样的浮云，为甚么有暗有明？
我守看着那一切的暗云……
被亚坡罗的雄光驱除尽！

我才知四野底鸡声别有一段底意味深湛！

（九·二·二九）

选自 1920 年 3 月 7 日《时事新报》（上海）副刊《学灯》，署名沫若

## 无烟煤
——日本福冈市电车中作

"轮船要煤烧，
我的脑筋中每天至少要
三四立方尺的新思潮。"
Stendhal 呀！
Henri Beyle 呀！
你这句警策的名言
便是我今天装进了脑的无烟煤了！

石榴树的花，
夹竹桃的花，
鲜红的火呀！
思想的花，
可要几时才能开放呀？

哦，云衣灿烂的夕阳
远照过街坊上的屋顶来笑向着我。
好像是在说：

"沫若呀！你要往哪儿去呀？"

我悄声地对他说道：

"我要往图书馆里去挖煤去呀！"

选自 1920 年 7 月 11 日《时事新报》（上海）副刊《学灯》，署名沫若

## 笔立山头展望

　　笔立山在日本门司市外。立山头展望，山海廛肆，瞭如指掌。门司市隔赤间关海峡与下关相对。下关即马关条约之马关。有春帆楼旅馆，为当年李鸿章下榻处。

大都会的脉搏呀！

生的鼓动哟！

打着在，吹着在，叫着在……

喷着在，飞着在，跳着在……

四面的天郊烟幕蒙笼了！

我的心脏呀！快要跳出口来了！

哦！山岳的波涛！瓦屋！波涛！

涌着在，涌着在，涌着在，涌着在呀！

万籁共鸣的 Symphony!

自然与人生的婚礼呀！

弯弯的海岸好像 Cupid 的弓弩呀！

人的生命便是箭，正在海上放射呀！

黑沉沉的海湾，停泊着的轮船，进行着的轮船，数不尽的

轮船，

一枝枝的烟筒都开着了朵黑色的牡丹呀！

哦，二十世纪的奇花！

近代文明的刚健的严母呀！——

哦！那儿是下关？那儿是马关？那儿是春帆楼呀？

……

选自 1920 年 7 月 11 日《时事新报》（上海）副刊《学灯》，署名沫若

# 岸

## 一

太阳照在我右边，

把我全身的影儿

投在了左边的海里。

哦，沙岸上留了我好多的脚印！

## 二

太阳照在我左边，

把我全身的影儿

投在了右边的海里。

哦，沙岸上留了我五百多的脚印！

## 三

太阳照在我后边，
把我全身的影儿
投在了前边的海里。
海潮呀，你别要淘去了我沙岸上的脚印！

## 四

太阳照在我前边，
太阳呀！你可也曾把我的影儿
投在了后边的海里？
哦！海潮儿早淘去了我沙岸上的脚印！

（九·一·三〇·晨）

选自 1920 年 2 月 7 日《时事新报》（上海）副刊《学灯》，署名沫若

## Venus

我把你这张爱嘴，
比成着一个酒杯。
喝不尽的葡萄美酒，
会使我时常醉！

我把你这对乳头，
比成着两座坟墓。
我们俩睡在墓中，
血液儿化成甘露！

选自郭沫若：《女神》，泰东图书局，1921 年

## 归国吟

玉蓝兰的，
圆锥。
　　乳白色的，
雾帷。
　黄黄地，
　青青地，
　　地在大大地
　　呼吸着朝气。
　火车，
　　高笑，
向……向……
向……向……
　　向着黄……
　　向着黄……
　　向着黄金的太阳
飞……飞……飞……

飞跑，

　飞跑，

　飞跑。

好！好！好！……

九年四月一日

选自 1921 年 4 月 23 日《时事新报》（上海）副刊《学灯》


## 海舟中望日出


铅的圆空，

　蓝靛的大洋，

四望都无有，

　只有动乱，荒凉，

黑汹汹的煤烟

　恶魔一样！


云彩染了金黄，

　还有一个爪痕在天上。

那只黑色的海鸥

　可要飞向何往？


我的心儿，好像，

　醉了一般模样。

我倚着船围，

吐着胆浆……

哦！太阳！
　白晶晶地一个圆珰！
在那海边天际
　黑云头上低昂。
我好容易才得盼见了你的容光！
　你请替我唱着凯旋歌哟！
我今朝可算是战胜了海洋！

四月三日

选自 1921 年 4 月 24 日《时事新报》（上海）副刊《学灯》

## 上海印象

我从梦中惊醒了！
　Disillusion 的悲哀哟！

游闲的尸，
　淫嚣的肉，
长的男袍，
　短的女袖，
满目都是骷髅，
　满街都是灵枢，
乱闯，

乱走。

我的眼儿泪流，

　我的心儿作呕。


我从梦中惊醒了。

　Disillusion 的悲哀哟！

四月四日

选自 1921 年 4 月 24 日《时事新报》（上海）副刊《学灯》


## 天上的市街


远处的街灯明了，

好像闪着无数的明星。

天上的明星现了，

好像点着无数的街灯。


我想那缥缈的空中，

定然有美丽的街市。

街市上陈列的一些物品，

定然是世上没有的珍奇。


你看，那浅浅的天河，

定然是不甚宽广。

我想那隔河的牛女，

定能够骑着牛儿来往。

我想他们此刻，
定然在天街闲游。
不信，请看那朵流星，
那怕是他们提着灯笼在走。

十月二十四日夜

选自 1922 年《创造季刊》第 1 卷第 1 期

## 诗的宣言

你看，我是这样的真率，
我是一点也没有什么修饰。
我爱的是那些工人和农人，
他们赤着脚，裸着身体。

我也赤着脚，裸着身体，
我仇视那富有的阶级：
他们美，他们爱美，
他们的一身：绫罗，香水，宝石。

我是诗，这便是我的宣言，
我的阶级是属于无产；
不过我觉得还软弱了一点，

我应该还要经过爆裂一番。

这怕是我才恢复不久，
我的气魄总没有以前雄厚。
我希望我总有一天，
我要如暴风一样怒吼。

（7. 1. 1928）

选自郭沫若：《恢复》，创造社出版部，1928 年

# 郭尼迪

│作者简介│ 郭尼迪，生卒年不详，笔名尼迪、凤家、郭尼迪、孙阳等。全面抗战爆发之前，开始在天津《大公报》等报刊发表新诗，有诗作被孙望收入《战前中国新诗选》。全面抗战爆发后到四川，在国民党中央文化运动委员会等机构任职。作品散见于《新蜀报》《诗创作》《文艺先锋》《时与潮文艺》等报刊。

## 离渝小唱

我向你默祝着珍重，

你，天空多雾的

中国的马德里呵！

摒弃了子女对慈母样的依恋，

在春寒料峭的清晨，

这时，人们尚都在梦中

让装货的篷车把我驮载着，

驶向去你的旷放的郊外。

原野展开着它的多姿的彩色：
麦苗青青的异常可爱，
油菜花开成金黄的一片，
澄绿的江水蜿蜒如带，
紫灰的岗峦起伏又连绵……

在冰凉的气候里，
我的手指，脚板，下巴尖……
渐渐的在转化为僵硬，
可是我的心胸
它在倔强地增添着温暖，
我感到了惬意和舒畅。

躺在装货的篷车上，
我恣意地贪赏：
白云在顶上悠悠地舒卷，
苍穹幽娴地沉默无言；
这给了我以深厚的缅怀啊，
也使我缅怀起家乡的云天：
但家乡，我的家乡却远在
柔柳依水的明媚的江南。

是去年橙黄橘绿的时节，
我告别了魔手下的上海，
在祖国的宽广的土地上奔波：
经历着异乡陌生的城市村镇，

挨过风雨晦明地善变的气候，

一串日子寂寞而没有爱情，

太阳送着我起身赶早，

它又送着我投宿客店。

一把过往的浮华的记痕，

在仆仆的风尘中被磨落了；

也许似曾相识的人们，

要惊奇着我的脸颊的苍颓，

但我自己是多么欣喜和骄傲啊，

我的意志像钢铁般的坚强，

我的心身又是勇敢和健康！


你，天空多雾的

中国的马德里啊！

我逐渐地在离去着你更远，

我不再回首向你顾望，

顾望你那城廓高耸的风光。

我目瞩着远山和天缘的相接线。

念着我的行程终了的地段：

——要越过历史伟大意义的西京，

在远山和天缘的相接线以外，

那怒涛滚滚的黄河的边岸！


在那儿，

我要着上戎装，

加入英勇的一群，

守卫祖国，

守卫你——

中国的马德里！

二十九年二月二十一日成都旅次

选自 1941 年《中国诗艺》复刊 2 期

## 独　白

你是这样突然地
站立在我的面前，
教我口吃得喊不出你的名字来了，
我只是紧紧地握着你的手，
在这寒冷的日子里，
人是多么需要一只温暖的手呵！
我们且慢诉说各人别后的经历吧，
这话语太多太长，
一时不会说完的；
你先安静地坐下来，
我要为你拂去发上的风尘，
打开这久久锁着的窗子，
让柔和的风吹进来，
银白的月光洒进来，
清新的空气流进来；
我们就坐着默默地不说话，
只是瞧着，

——你觉得这样好不好？

不是吗？
我们从小就一块儿厮熟过来的，
我们一起在田野里摘过豆荚，
架着梯子攀折墙后一树盛开的碧桃花，
拿纸折的船儿投在河流里
看它扬起白帆驶走；
傍晚，我们坐在小桥上
望着夕阳沉落下去的西方，
我们常常爱做美丽的梦想，
有许多谜，我们总是猜不透：
月亮好还是太阳好？
人的眼白像蓝的天，
还是蓝的天像人的眼白？
是的，我们有一点儿痴，
并且有些儿悒郁，
因为我们不懂得水流来自哪个方向？
这些记忆都是太远了，
但它们历历地都像在我们眼前，
你说，别提它了？
好的，我们暂时润一润干燥的嘴唇。
来，喝完这杯浓烈的土红茶。

你要感到失望吧，
当你在这陌生的地方
看到这一片荒瘠的土壤

在这荒瘠的土壤上，

我们正安排着美丽的梦想，

在将来要建筑起一座乐园：

这里面有光荣的自由和民主，

人们可以发着健康的笑，

而也可以尽情地滴着真实的泪！

我们在这里

是不会感到寂寞的，

门前的河水

还在祝福地为我们歌唱。

你想看看河中的月色吗？

一片片银光，像鱼鳞，像磁碟……

唔，你感到累？

那么，我们也可以入睡了，

做一个香甜的梦吧，

瞧，户外的星子多美，多蓝！

十、二十八、重庆

选自 1943 年《天下文章》第 1 卷第 6 期

## 火车怀念者

在这城市里他住得太久了，

旅客的心正被远方的景物所曳引去——

单调寂寞的日子呵，

室内的视觉是这样地感到狭仄，
而街上却叫着一片无秩序的喧哗；
现在，他沉浸在记忆的冥想里，
曳引去他的心的是一辆火车。

像一些固陋的山民们一样，
它对火车也很陌生了，
可是在他的印象里闪出来的影子
却仍是无比地熟识亲切。
虽则外边是深沉的黑夜，
并且间隔地落着霏霏的雨，
他也想打一顶雨伞出门，
借人家屋缝里的射出来的灯光，
赶到他假想的车站上
匆促地搭最后的一列车到远方去……

他没有病，
身体却显得很坏，
他是如此地困倦了，
有什么事情使他苦恼着；
一连几个晚上了，
他怀念着火车，梦着火车；
他的思念也正像一辆火车
在时间的轨道上飞速地奔跑，
甚至像一辆脱了路轨的火车
在盲目地乱窜，
终于有一天要倾斜地倒下，
被遗弃在一旁再待着修理……

他的脸变得可怕地苍白，
他的自由被禁锢在狭仄的室内！
旅客是多么渴念着火车呵！
驮载着人们的希望和幸福
从这一个城镇到另一个城镇的火车！
捎负着丰饶的食粮
去解救某个地方的饥荒和贫穷的火车；
装列着战斗的士兵
赴前方完成自由独立的任务的火车，
即使人们沉睡在梦里的时候，
火车也愉快地叫喊着，
在它的生命历程上
一息不停地在向前推进呵！

他好久没有听到火车的愉快的叫喊了，
他想念着
从车厢里可以望到的明快的河流，
纯净的蓝色的天穹；
甚至车站上一个站员
挥一挥红旗的无味的姿势
他也同样地会感到欢喜！
如果真有一辆火车开到，
他会疯狂地从人群里挤上去，
即使被火车摔死他在绿色的原野里，
他不会怨，他是愿意这样死去的。

选自 1942 年《诗创作》第 17 期

# 寒　笳

|作者简介|　寒笳（1920—1955），四川江安人，原名徐德明，别名冰若，笔名徐牧风、军笳等。1937 年考入成都石室中学，在何其芳等人影响下开始新诗创作。1940 年进入东北大学，后与刘黑枷等人组织进步学生团体"读书会"，发表大量社会和经济问题论著，逐渐从新诗创作转向了社会问题研究和实际的革命工作。1955 年受"胡风反革命集团"案牵连，同年去世。

## 祖国战斗的行列中

一

祖国战斗的行列中，
我要走入
北方年青英勇的一群……

川陕道上的风沙，

虽会压抑我自由的呼吸；
剑阁旅夜的凉月，
虽会招乡思萦绕我的征梦；
秦岭漫山的寒雪，
虽会封锁着伸向北方的去径。

让美丽的青纱帐，
永远浅褪在风雨里吗？
永远不扬绚烂的金波吗？
让蛰伏的古长城
（从午夜古代英雄梦醒来）
永远哭诉奴隶的悲愤
向长空南飞的秋雁吗？

我生活在这一代呀！
我是祖国最年青的守望，
我要拨正战斗的指针。

二

北方
那广漠的悲壮雄浑的大野上；
负荷着人类光荣和智慧的
祖国年青的一代在战斗啊。

挺着北中国飞扬的风沙，
嘹亮地歌唱着祖国进行曲，

当奔走在辽阔无垠的大漠，
眼控制着披满雪花的山丛。

握起祖传的红缨枪啊，
当守望在严寒封锁的峰峦。
在悠扬底号角地吹动里，
飘扬起祖国底灿烂的旗帜，
当战斗在巍峨的古长城。

如今
擎天的狼烟柱遍地竖起了，
烽火照亮颗颗的跳跃的心。
那洪大而长长的铁流，
像滚滚东泻的黄河在咆哮。

三

光明透过了重雾在召唤我呀！
我要离去，离去
这寂寞又荒凉的古城。
母亲也许凝视着将远离的
孩子的身影，坠下晶莹的泪。
弟弟也许藏着收拾的行囊，
又撒娇牵着我披上征衫底角。
恋人也许温柔地
向我北去的卡车投着依恋的目光。

然而我以傲岸的姿态走了，

我将登上朝天驿，

看金碧的阳光拖长自己的身影；

我将跨出剑门关，

扬起热情的手向伟大的北方。


祖国战斗的行列中，我要走入

北方年青又英勇的一群……


选自 1940 年 10 月 15 日《华西文艺》第 5 期


## 雾中的歌


雾降落的日子

——战斗的春天的雾呀


雾覆盖着原野

雾绻缠着城市

雾浸蚀着树林

雾遮掩着道路


有雾的日子是美丽的

有朦胧的美

有湿漉漉的美

有暧昧的苗条的美

有古代的美

有一个少女，一个多病的少女的

忧郁的美……


散步在旷野的

河流呀，池沼呀

田亩呀与茅舍呀

乡村呀与牧场呀

都蒙上美丽的

灰色的光辉。


我在雾中散步


那站在低矮的破屋前

望着蒙蒙的白雾发愁的

颓丧的农夫呵

不去翻松那沉睡的沃土呢？

你为什么

不去翻松那沉睡的沃土呢？


告诉你，太阳出来的时候，雾就要散了

这时让我为美丽的雾作最后的赞美诗吧！

那时，我却为你祝祷

阳光将以无数闪亮的金针

透过重重的迷雾

温暖地照耀着你

温暖地照耀着

你自由自在地工作和歌唱

在祖国原野上


哦，那边

沿着灰茫茫的河流

扬起杭唷的歌唱

打桨而来的

年青的水手啊

你的勇敢

在蒙蒙的白雾里

你们仍倔强地航行

我为你们祝祷小心那个

又美丽又狡猾的

小婆娘呀，

别让它

迷失了你们的航线

别走未驶入温暖的港面

将风涛中成长的船

搁在激流两旁的隐伏浅滩


我在雾中散步


我想起

在如此浓密的雾里

斗争在草原的

在大漠的

在扬着大风沙的北国的

在海滨和江岸的

祖国年青的战士呵

多少日子

你们斗争在土地上

天天，你们的生命

和饥饿，寒冷，疲倦，死亡结合起

你们是为了人民的幸福与

祖国的解放呀

我们听到你们的每一声枪响而喜悦

我为你们祝祷，遥遥地问你们早安

也祝你

磨亮自己的眼睛呵

穿过浓雾对准那些海盗射击！

别让雾迷着你战斗的指针。

虽然我爱雾中的美

但我是一个诗人

一个可笑的又可憎的诗人

我在雾中散步

在白蒙蒙的浓雾里

我——年青的歌者

我要为美丽的雾作最后的赞美诗

直到浓雾散去，世界发光……

选自 1941 年 8 月 3 日《新蜀报》副刊《蜀道》

# 理　想

鹰没有理想
不会在天边翱翔
花没有理想
不会在荆棘中开放


一天
在黄昏的河边
我遇见那个忧郁的孩子了
默默地坐在沙滩上
头温静地低垂
一对恍惚惆怅的大眼睛望着流水


"孩子
你为什么老是忧郁呢
你有理想吗?"


孩子默默地不发一语
望着蒙蒙的雾
悲哀而又无力地升起
飘荡在静静的河上


"孩子

有时忧郁也困惑着我呢

我摇摇欲坠的心

像误了途程的航船

摸索在黑漠漠的河流

在深夜还驶不到停泊的港湾"


孩子默默地不发一语

望着姗姗而来的夜

踏着轻柔的步子

披上无比神秘的黑夜


"……然而

感谢我挚爱的理想

——生命的花朵呀

它又在这时突然出现了

像天边荧荧的星

以温暖又银白的光辉照在航线上"

孩子笑了

笑得那么天真，那么爽朗

当孩子抬起头

看见一颗清亮的星正闪在天上


"孩子

你为什么笑呢

告诉我吧，告诉我你的理想。"

选自 1942 年《拓荒》第 3—4 期

# 禾 波

| 作者简介 |　　禾波（1920—1998），四川荣县人，原名刘智清，笔名冷露、荷波、季凫等。早年当过小学教员，参加过抗日活动，并从事文学创作。1941年冬到重庆，翌年参加中华全国文艺界抗敌协会，并在重庆、成都、桂林等地的刊物上发表散文、诗歌、小说。曾与沙鸥、屈楚等人编辑、出版《诗家》《诗激流》等刊物。中华人民共和国成立后，历任《大众文艺》编辑、北京市文联干部。著有诗集《创造者》《三门峡的歌》《煤海浪花》等。

## 战斗情曲

我希望你不要朝夕为我盼望
请你抽掉那根爱情的红线
更不必因远隔而忧伤
连梦中你有时也哭泣
　　谁不愿像那奋飞的鹰隼无忧
　　快活的翱翔在浅蓝色的天宇

我希望你不要沉溺在感情的大海
请你用欢乐赶跑心底的忧郁
更不必回忆到爱情的甜蜜
连饮食也毫无兴趣
　　　谁不知只有爱情的品质最高
　　　除了它我们还有什么更大的鼓励


我希望你珍惜眼泪像明珠
不要让它为忧思而洒滴
更不要忧愁苦深嵌在你的面颊
人们见你憔悴会暗中太息
　　　谁不知道祖国的爱情比海还深
　　　为了她的受难因此我们忍心分离


我希望总有那么好的一天
我们胜利了唱着凯歌回来
我轻扣着你惯常斜倚的门窗
因久别的重逢我们以至流泪
　　　让你的眼泪像秋水洗净我的征衣
　　　我将战斗的故事销溶你的怀念


那时候我们永不分离
我陪着你天天在绿野中幽叙
我们去看对对的燕子衔泥
去看双双的天鹅在浅汀上游戏
　　　我们把可怕的战争认作噩梦

也感谢战争将我们磨炼

假使我闯到不幸我也欢快
请你不必为我光荣的战死而悲哀
顶好你将我埋葬在村前的那座高山
我就做个历史上光辉的明证
　　我好听朴素的歌谣缭绕在山腰
　　看你去选撷青芜日夜经过我的墓地

三十二年九月二日

选自 1946 年《诗激流》第 2 期


## 写给衡阳


为你所身受的艰困
为你所横被焚烧与杀戮的惨悲
衡阳呵
我夜夜都流淌着
因憎恶敌人而不能吞咽的眼泪
从梦的世界里哭喊出来了

我离开西南中国雄伟的山河
远离你鱼米之乡的沃土
已经三年了
衡阳呵

当我听见有人描绘起你生活的风貌

或仅仅提到你的名字

我的心急剧抖跳

我像沐浴着一股热切的温泉


我永远不能遗忘的

是我颠簸在生活的危崖

怀抱一颗少年漂泊者的心

瞅着深秋的枫树

徘徊在回雁峰前

听高空的飞鸿

一声声凄厉的悲鸣


我永远不能遗忘的

是湘江的流水

闪耀在晨昏的万道红光

我爱那烧炽的象征着我为祖国奔流的

滚烫的血液

我永远不能遗忘的

是你在战争里

遭受着的伤痛

千百次的轰炸

给你千百次的苦厄

给你千百丈的仇恨

那熏天的的万丈浓烟

那残肢断臂躺在血海里的尸身

那孤儿寡妇逃奔的啼哭

那被浩劫后
受难者变成疯人沿街狂笑的
令人心碎的姿容
……
……

为了你这些可怕而可哀的印象
纵使我还生存
都仅有残缺的梦幻
湘女多情
情谊深长像湘江
在你的身前
我曾洗浴过那条恋爱的银河
我将白热的珍珠般的泪滴
为了一个毫不相亲的少女而洒落
而她呵
是坠落在战争中的
从苦痛到麻痹了的生活的俘虏
我崇高的友谊帮助了她
她优美的灵魂爱抚了我
我
我的家在天府之国
我是一个缝衣女工的儿子
一个刚出世不久便死了父亲的儿子
从小就知道勤俭
从小就勇于劳动
我的性格却是快乐的
衡阳呵

可是我和你亲近

由于你的命运的苦悲

你编织的万缕忧丝

缠裹了我快乐的性格

你用你灾难的哀音

改变了我活泼的歌唱

你用你隐忍的不幸

束缚了我自得的生活

从你的身上我体验到

是我古老民族的委曲

是我们纯朴人民的悲伤

为着人类的悲哀

为着民族的悲哀

为着时代的悲哀

我的心永远燃烧起

冲天的烈火……

我是这古老民族中

一个年轻忧郁的诗人

我怎不为你浸浴在血火深渊的困厄

热泪横空

怒发千丈

向所有爱好和平的人们控诉


我离开你的身边

投向多云多雨的

巫山内的家乡

是三年了

故乡呵

受着战争的风雨

肥沃的黑土吸收的

是人民的眼泪

肥沃的黑土长出来的

是人民的愤怒……

衡阳呵

我的故乡也是愁苦之都


今天

我又从报纸上

看见你与仇敌搏斗的英姿

虽然我的委曲像大海

我的悲愤像汪洋

可是我为你激动

大声的呼吁起来了


从前

我恨你

两广交通的枢纽

你吸取了海外来人的恶习

我恨你

迷蒙的烟雾中

人们为生活而明争暗斗

我恨你

富贵人投给你轻视的眼波

贫穷者受重压在你身上啼泣

我恨你

嫖客带着酒臭向你胡来

我恨你

甚至提起你的名字

因为

我怀着的是少年漂泊者的心

正当我感到寂寞和穷困的时候

现在

我为你奋起抗战

向你热切的遥望

感到安慰

你具有北方人的豪爽

南方人的热情

更有湖南人固有的坚强和勇敢

为你水秀山明的鱼米之乡

我祝福你在战争里平安

我祝福你在战争里胜利

一九四三年

选自禾波：《流年似水》，宗教文化出版社，1997 年

## 重庆之歌

我背负着破旧的行李

噙住欢喜的泪水
在伟大的十二月的冬日之下
从贫苦的乡村，回来了

我回来了
紧跟着人民的军队
中国共产党人
中华民族忠实的儿女
深埋在我心底的是快乐

我回来了
虽然我徘徊在街头
像一个浮浪人东飘西荡
在汹涌的人流中
去寻找我的归宿
我却一点不感到失望
一点不感到恐惧

我回来了
我走遍这住上十年的
最熟悉的街市
解放后的人民的喜悦
解放后亲朋的兴奋
他们有了自由，有了民主
他们有了和平
和无尽的幸福
在他们之间

我更无拘无束地

像一匹脱缰的野马

大声地歌唱

大声地谈论着

毛泽东和新民主主义


重庆，你这受难的乡土啊

你是西南的重镇

你是旧时天府之国的咽喉

你是蒋介石和

帝国主义盘踞最久

压迫最深、剥削最厉害

屠杀最残忍毒辣的魔窟啊


重庆，你这受难的乡土啊

提起你的名字

都令我的心情激动

在没有解放前

我虽然用我的诗句

猛刺过反动卖国的政府

我甚至象古代的诗人

阮籍一样的在街上放声哭泣

呼唤着人民共和国的实现

但，我所收获的

除了无数顶红的帽子

和黑名单之外

就只有被迫离开的城市

重庆，你这受难的乡土啊
在没有解放前
那住在高楼大厦的
大腹便便的投机商人
那在街道中横冲直闯的
美式装备的国特份子
那在较场口，朝天门
嬉皮笑脸调戏妇女的流氓
那在茶馆酒店中
放肆地讨论着别人的思想的
无心的恶棍
现在
他们都躲藏在黑暗的角落
他们都掩蔽起来了

当我走在街上
走在这新生的城市的街上
我走过罗汉寺
走过莲花池
走过枣子岚垭
走过张家花园
观音岩、老街，冉家院
••••••
这些，从前住满了虎狼的地方
住满了蛇蝎的地方
这些，从前施用非刑，残酷地

拷打和无情地杀害革命人士的地方

这些，从前的人间地狱……

我走着走着

我的热血涌流

我的心情破碎

我的眼泪

不停地掉下了


重庆啊

你新生了

由于你的解放

便奠定了全国人民解放的基础

在艰难的革命征途中

在崎岖的革命斗争中

由于你的解放

将获得全国人民

真正的民主的胜利

一九四九年十二月七日晨

选自禾波：《流年似水》，宗教文化出版社，1997 年

# 何其芳

| 作者简介 |　　何其芳（1912—1977），四川万县（今重庆万州区）人，原名何永芳，笔名禾止、秋若、杨应雷、劳百行、季风、杨珂、黎云等。1929 年开始发表文学作品。1931—1935 年间在北京大学哲学系学习。全面抗战爆发后创办《川东文艺》《工作》杂志，1938 年夏到延安，任鲁迅艺术学院文艺系主任。中华人民共和国成立后，历任多种行政职务，并担任中国科学院文学研究所所长。著有诗集《汉园集》（合著）、《夜歌》、《预言》，散文集《画梦录》《星火集》，评论集《关于写诗和读诗》《诗歌欣赏》等。著述收入《何其芳全集》。

## 预　言（存目）

## 古城与我（存目）

**失眠夜**（存目）

**成都，让我把你摇醒**（存目）

**我为少男少女们歌唱**（存目）

# 贺敬之

|作者简介| 　贺敬之（1924—　），山东峄县（今山东枣庄峄城区）人，笔名艾漠、敬之等。1937 年考入山东省立第四乡村师范学校。抗战初期，随学校辗转西迁，就读于四川国立六中第一分校。其间曾与白莎、枫林、牧丁等人组建诗社，参加进步青年组织。1940 年赴延安，1942 年毕业于鲁迅艺术文学院文学系。中华人民共和国成立后，曾任中央戏剧学院创作室副主任、《人民日报》文艺部副主任，兼任《剧本》《诗刊》编委等职。著有诗集《放歌集》《贺敬之诗选》《回延安》《雷锋之歌》《中国的十月》等。主要著述收入《贺敬之文集》。

## 我们的行列 （组诗）

### 一　"陌生的人儿"

哪儿来呀——
你这位陌生的人儿？
你微笑，

笑在紫色的嘴角
你唱歌，
　　歌声从齿边吹出。
我们哟，知道——
你呀，奔过大风砂。


在大风沙里，
你生长，从战斗的日子。


让我们采朵花儿呀，
插在你的头上，
像你在草原的
　　那些骚动的黑夜里。
湛蓝的天空上，金色的
　　指人前进的星星。
让我们围着你唱歌，
像在你爱过的
　　宽大的土地上，
你听见的
　　群众的呼声。
今天，你
这陌生的人儿，
还得再站起来！
在中国的火光里
前进！……

## 二 "L·S"

L·S——
一个忧郁的家伙，
又唱起来了。

（L·S·爬在草丛里，
　　正缝他的破棉袄。）
L·S·永不休止哟，
唱着他那支歌儿，
流浪了三年……

三年呵，在流浪的路途上，
他生长了赭色的嘴巴，
那有着庄稼味的
忧郁的歌呵……

（L·S·
像一个悲哀的老妇呀，
他迟钝的抽那针线，
抓那棉絮……）
L·S·他唱，他唱着：
"流浪的路上，
活过那些辛酸的日子，
我的母亲哟，母亲……"

（他抛下棉袄，

撒下针线……）

"母亲！

棉絮破了，

针儿断了，

只有思恋长大了！

北方，那荒漠的大地，

我……我的母亲！"

我们

真不要听这歌，

L·S·

这个忧郁的家伙！


然而，

他唱起来了。


三　　"赠给年幼的他们"


沿着这边

向远远的那里望去，

——加夫！

那就是辽阔的中国平原呵……


你想念着你的羊群吗？

　我的年幼的伙伴……


是的，倘若

你死在敌人的枪下，
为了生而死的！
加夫——响亮的死呵！
那么，你可以葬在那里，
而且，深深的，
闻着你可爱的土壤味，
看着你的羊，
那么安然地长眠……

子孙们，
都向你的坟墓
低下头来——
"为了我们。
今儿，
生活得如此自由，
我们的老子，
投向了
壮烈的死呀！"

而你，
必然笑得很舒适：
儿子，孙子，
都吃得了
他们在中国
应吃得的一份，
也穿得了
他们应穿得的一份。

但是，如今呢，
加夫——我的年幼的伙伴！
你还得再拿起你的手枪，
向该去的地方
奔去！
——因为，
我的工作
还没有完呵！

## 四　"我的小同志艾末"

小小的个子，
两颊微红着哪，
不爱说笑，
他，才十七岁。
对于一切
他都注视着，像狼，
期待"有一天"，
像期待母亲。

永远念着祖国，
对于一切他所应爱的
他都灼烧般的爱着。

但是，明天，
他就走了！

他唱起歌
向他爱去的地方去……

## 五  "我们的行列"

数下吧:
一个,二个,三个,四个……

这只是数而已,
而我们的伙伴,
很多很多……
那是数不清的。

请看这些黑色的脸,
发着光呢,
请看这些红色的心,
烧着火呢。

## 六  "歌"

是春天来的
春天也要去
出生在哪里的,
也要到哪里去。

选自 1942 年《诗星》第 2 卷第 4—5 期,署名艾漠

# 跃　进（组诗）

## 一　走出了南方

雨，
落着……
——阴湿的南方啊！

一九四〇年
走出了那狭窄的
低沉而喑哑的门槛。

春天，
浓雾的早晨；
野花
红色的招引——

去远方啊！

不回头，
那衰颓的小城，
忘记
那些腐蚀的日子。

响朗地：四个！

## 二　在西北的路上

是不倦的
大草原的野马；
是有耐性的
沙漠上的骆驼。

四个，
在西北的路上，
弥天的大风沙里。

山，
那么陡！
翻过！

风沙
扬起我们的笑，
扬起我们的歌！

## 三　夜

夜。

西北的苦涩的长夜……
狼，

火红的眼睛，

点亮在夜的丛莽。


繁星，

夜间——

熟的柠檬。


森林

黑色，

漫天的大幕，

猎人跃进在深处。

猎枪是贪婪的大蛇，

吐着爆炸的火舌。


而我们四个

喘息着

摸索向远方……


四　马车


马车。


马车，

不尽的倾流，

在西北的路上……


像吉卜西人，

那些驾驭者，
马车是家屋。

黎明，
从车下翻起身，
粗壮的手臂，
擎起鞭子。
紫光，
照亮了西北的路，
照亮了他的歌。

车轮，
嘶哑地
滚过高原崎岖的山野。

黄昏，
熬焦了期待，
夜里，
烧起火堆……

马群
憩息在路旁。
倔健的驾驭者的脸，
映着火，
粗重的呼吸，
豆料和烟草的气息，
膨胀在夜的胸膛。

我祝他们安眠，

在高原的摇篮里，

叫大风沙，

给他们唱催眠歌……

选自 1941 年《七月》第 6 卷第 4 期，署名艾漠

## 生　活（组诗）

### 生　活

我们的生活；

太阳和汗液。


太阳从我们头上升起。

太阳晒着我们。

像小麦

我们生长

在五月的田野。


我们是小麦，

我们是太阳的孩子。


我们流汗，

发着太阳味，

工作

在小麦色的愉快里。

歌唱，

歌唱

在每个早晨和晚上。


生活，

甜蜜而饱满的穗子。

我们兄弟般的

结紧在穗子上。

我们——熟透的麦粒呀。


## 明　天


当我们

劳作在庄稼丛里，

当我们

休息在田地旁边，

当我们

肩着辛劳归来，


汗珠

装饰着

我们高粱色的胸膛。


我们想：

有一天
太阳打我们共和国的草原
升起，

有一天，
我们驾着拖拉机
去耕种，

有一天，
早晨的露珠刷湿了皮靴，
我们去集体农场……

那么
去明天！

## 梵哑铃和诗

在伸过的键盘上
我们去拥抱
梵哑铃和诗。

晚上，
在夜的大帐幕里
梵哑铃的音调
从夏天的树下
荡出，

从人的岛屿里
高扬。

而我们的炽热的
年轻的力的跳跃呀

早晨，
阳光照亮着
普希金，
尼克拉沙夫，
马雅可夫斯基，
我们读着那诗册，

宏亮的
年代的音响呵！

我们跟它，诗。
学习
反抗和讴歌，
爱和播种。

## 我生活得好，同志

### 1

昨天，
外边落着雨。
你从那条廊下

拖着泥脚跑来，
你问我：
"生活得好吗?"

而今天，天晴了，
我的桌子上
洒落一大片阳光，
那么
让我回答你：
"好!
我生活得好，
亲爱的同志,"

窗后的山上
送来野花的香气，
好!
我生活得好，
亲爱的同志!

2

在亚细亚的
灼伤的土地上
我活过了十七个年头。

十七个年头，
不灭的记忆：
饥饿和死亡。

从一个老人那里，
随他倒下的身躯
我继承了
债务和刑罚，
然而
战争的毒火
赶我
离开了家……

夜的草原。
从那棵老槐下
我开始了
我十四岁以后的远行的路……

3

大风沙的夜晚，
我航过
祖国的
北方的大河，
春天末尾的
祖国的
中部的原野——
发渴的土壤，
旱死的小麦，
我，
在长列的火车上
驰向新历史的门槛。

我的祖国！

听我的歌唱！


十多年，

喂养我的

你古老的忧郁，

你的酷寒，

你的毒害的奶汁，

十多年，

你的土地上生长的

一棵矮小的幼枝，

我的童年

这，

让我们招招手

"再会，"


4


而我，

又走了！

向南方，

更长的祖国的路。


我的祖国！

听我的歌唱！


我赞美你

而又咒诅

对你的没有光亮的日子。

更坚实的
我又举起了我的脚步，
向我的
光辉的站驿，
向我的
温暖的归宿。

让那些关卡，
让那些封锁，
自己去死吧！
这，如同
黑夜关不了白天。

## 5

今天，
亲爱的同志！
我生活得好了，
我快活
像一只飞舞在天空的鹰！
为你，
我的太阳，
你照晒了我，

为你，

我的高原

你养育了我！

为你

亲爱的同志，

你锤炼了我！

我的歌声高昂而发颤！

今天，

让我们拥抱吧，

我的亲爱的同志！

好，

我生活得好！

一九四〇，九，廿。

选自 1941 年《诗创作》第 6 期，署名艾漠

# 胡　牧

|作者简介|　　胡牧（1923—1996），四川铜梁（今重庆铜梁区）人。1946年毕业于国立中央大学中文系，曾与绿蕾、陈颖、李若愚等人成立文学社团文艺研究会，创办《文艺春秋》杂志，任《诗部队》《艺风》等刊物编辑。中华人民共和国成立后，入中国人民大学新闻系学习，从事新闻工作。著有诗集《低气压》《花开满地又是春》《我歌唱你》等。

## 春天小集（组诗）

## 一　春天

让春天
孕育着
让春天
有一声惊人的霹雳
于是

泥土的海里

有人类挣扎起来

揩一揩眼睛

看一片美丽的绿野

一片阳光的海

新时期

充满了工作

和爱……


二　火种


我挚爱着火

那光耀的火

当着

没有灯的夜

我兴奋地想

一个巨大的受难的背影

赞□啊！

普罗米修士


三　墙


没有墙的

地方

一片蓝色的天野

没有隔膜，畸视，仇恨……

只有深切的了解

只有合作

## 四　窗外

从窗外
射进一朵微笑的阳光

于是
我的心海里
再没有雾天的忧郁

窗外
人潮在涌涨
马群在跳跃……
声音在吼啸……

啊……
圣洁的日子
降临了。

## 五　怀念

怀念
门外的雨天
有一个远行的朋友
从严寒的冬天
来了

怀念

开花的春天

我要骑上大白马

和他

走向解冻期……

## 六　星

装饰在我小窗口

一朵寂寞的云

我要歌唱

悲愤的唱出

这一个年代的苦难

而星啊！

你是最忠实的证人

选自 1947 年《时代（重庆）》第 34 期

## 人造的花

露出雪臂红衣女郎

在过江的渡轮上

你

轻轻地哼一支恋歌

你
还打开黑皮夹
用"红花牌"的口红
用香喷喷的骆驼脂
涂着自己微笑的嘴脸

如夜城的街角里
轻薄的神女
在黑暗里苦痛的笑

我不爱你
虚伪的色彩
不定性的污秽的爱情

你
人造的花
城市于广告

选自 1947 年《新妇女》第 7 期

# 给善良者

一

从鲜血的夕阳
从滴绿的松林
从狭小的木窗……

你
探出鸦雀窠的头
你
停伫在大路旁
衰颜的白杨树下
用愤怒的眼睛
辛酸的泪水
期待着

用政府的鞭炮
用结红绸的马车
欢送
出征的将士

这将士
是你新婚的男子
这将士

是一个善良的农民

这女人

是像母马一样的

垦着荒地

他们

在保甲长的眼睛里

不值一块铜币

他们

有一个饥饿的家

而家——

正埋葬在烽烟里


二


有一位善心的女人

被一个

油头粉面的西装少年

用火样的热情

用小提琴一样的感情

破坏了

她的童贞


当另一个孩子

以忠贞的感情

来爱她的时候

她痛苦

她愤懑

她彷徨

她在黑夜中深深的

　　忏悔……

她像一只烂草鞋

被人遗弃

她四五年来

感情的锻炼

使她咬着发丝

恨那播下种子

而不收获的人

她

憎恨这一个不合理的制度

因为

她善良

所以，她也犯下了

其他女人所犯的罪


但，上帝说

谁没有犯罪的

谁才敢用石头打她……


在忧愁的年月里

她从来不露过一丝

　　　　笑容

她想疯狂的死去


在静夜

坐在一支白烛前

像一具死尸……

可亲的女人呵
你现在讨厌钱
你现在憎恨虚伪
你了解了爱
你还等候着
他回来么……

傻瓜
没有忏悔的
你一点不恨他吗，
你还痴心地
回忆那样淫秽的笑
那偷偷摸摸的拥抱
那蓝天的云海
那碧绿的桑枝
那小有产者的劣根性
那罪恶的黑手
那杀截你青春的屠刀

傻孩子
你慢慢的走吧
如果，你和其他
女人一样
糊里糊涂
你也不会痛苦

忧郁的灵魂

黑色的灵魂

你底一生

就在陨落中消灭

我为了同情你

所以我为你歌唱

——南京，大风楼

四七、十二月

选自 1948 年《文艺》第 4 期

## 诗三首

### 一　渡

从寒冷渡过到

春天，

花开向春天，

从暗夜的海

战斗到

明天，

明天。

生活有灯，

人们有爱，

播下了光明的种子，

收获是属于我们。

## 二　明天

我遥想着，渴慕着明天呀……
明天，有一声霹雳的雷，
惊醒了
熟睡中的土地的儿子，
大家都拍拍身上的泥土，
起来了，
走向阳光照耀着的土地。

## 三　沉默

我
不再高声讲话了，
因为，
这个社会我没有发言权。
我
只躺在漆黑的斗室里，
捻燃了白色的小灯，
于是
寒冷的夜，
有了光
有了爱。
让苦难的人
都来温慰自己冷冻的感情。

选自 1948 年《新学生》第 5 卷第 2 期

# 夏　夜

夜……
从窗外看不见太阳
只听见
蚊子在嗡嗡嗡地叫……
我从床上
苦痛的疯狂的爬起来
捻燃了白色的小灯
想写这一个人类
受难的阶段

选自 1948 年《艺虹》第 1 卷第 5—6 期

# 低气压

一

城市里没有好消息
乡村像一条死鱼
生活在低气压的国度
人不是人

二

蜂群是为采花而集成了养料
人类是为生存而活着
低气压带来了
寒冷
带来了我们的愤怒与饥饿
带来了血的怀念
　战斗的坚实的信心

三

我们走过大街
商店尽关上了铺门
工厂的烟突
没有呼吸
失业，自杀，学潮
"头号的老宋标题"
于是
我披上破碎的衣裳
走上自己倾歪的小竹楼
静静地想一想
人活着
为什么要死

## 四

我看见过街的
一群一列的过境的士兵
没有维他命的脸
低下了头
像落坡的太阳
这些有灵魂的同胞们
为何垂首低眉的
我知道
他们的眼泪
是挂念着家中正新婚的
金鱼般的妻子

## 五

我想提起一管秃笔
写下我心中的怨怒
粉碎我昔年的竖琴
我要投向哭泣的人群中
去访问
我们的生活的方向
应该走上哪一条路才对。

## 六

寒暑表的水银下降
我知道是冬天
冬天的中国
冀求着太阳的童话
追求一个春天
那春天真是属于我们的

## 七

完结了"胜利梦"
失去了血液的花朵的年轻人
像风浪中的小船
你失迷了方向的小船呀
快乐的避风港
要在没有风雪的日子才有
不要吁嘘吧
我们相信意志的力量
可以把生活的港湾
变成不冻港

## 八

不要颤抖于寒冷中吧
我们热烈的握手

只要你否定

你那一些候鸟的依赖性

我们都是朋友，弟兄

我们都应该合作与爱


九


古老的家

青年人要飞

不要盼望着

你的亲爱的儿子要回来完婚

有理想的青年人

枷锁是囚圈不住的


十


在街上

抢案，情杀，儿杀老子

一切不合理的法律

偏偏要求假善的合理

街上

休谈国事

小心银包

不安的苍白的夜

骚动的城

## 十一

失去了自由

嘴巴

还可以呐喊

鞭子欺压下的声音

不过是哭泣的歌

只要有善良的人

这世界总有声音

## 十二

一部伟大的"经济计划"

可以拯救新中国吗

谢谢你

"优秀的民族"

今天

自由与面包

是属于同样的命题

今天，全世界

十二万万的人民的金帛

都集中在少数人的手里

贫穷，饥饿

不单单是中国

## 十三

醒来
地球在动摇
天在眨眼睛
盲肠炎
需要开刀
防碍呼吸器管的白喉
是需要注射药剂

## 十四

我在低气压的中国
读着"考验"
在方生未死之间
我们把生命的愤恨
又遗传给了第二代
让妈妈的乳头
送给你吮吸受难的血

## 十五

凝固着自己的热情
这不是站在队伍的后面
而是
我们要擦亮眼睛

抹干受伤的伤口的血渍

拥抱

一个春天的伊甸

## 十六

站起来吧

你痛苦的愤怒的咬着牙齿的中国人民

你从跌倒的泥坑里爬起来的

伸出你们饥饿的手掌

向掠夺我们的

争回我们血汗灌溉而来的粮食

向凶狞的脚爪压榨我们的

争回我们的自由的旗

选自胡牧：《低气压》，南京正风图书公司，1948 年

# 胡　拓

｜作者简介｜　胡拓（1915—1987），湖北松滋人，原名胡明清，笔名胡拓、胡潮等，诗人。早期在武汉参加过"一二·九"运动。曾先后参与编印《诗歌与版画》《野火》等刊物。1940 年到重庆、桂林任教，参加过中国战时儿童保育会等工作。作品散见于《新华日报》《大公报》《诗创作》《现代文艺》等报刊，著有诗集《太阳照在她的头顶上》。

## 垦殖者之什（组诗）

### 垦殖者

有如漂浮于海面的一片落叶
那为我遮蔽风雨的低矮的茅草屋
如今——春天里
是漂浮在辽阔的绿色的海洋上了
当鸡群在黑夜唱哑了喉咙

而迎来了蒙蒙的光亮时

我乃开启了那破烂的门扉

让粗厚的脚掌

吻合于亲密的泥土之上

泥土以生长的力掀动着我

使我不可歇止地舞踊于田野间——

面迎着那无际无涯的绿色的田野呀

那是显于绿色丛中的累累的果实呵

——连田埂上也掩盖得密密茂茂的

啊，我奋发了

我的力也像春日的泥土一样

在生长……

我的心奔涌着希望的喜悦

我恨我没有双巨大的手掌拥抱着土地

我要感激这给予人类以生之力的土地哟

于是，在清新的气流里

　　我尽情地歌唱了

我依次地巡阅着——

　　麦茎被穗子压倒了身子

　　豆果累赘得豆萁抬头不起

　　油菜谢尽了黄色的花瓣

　　……

呵

已是收获的季节了

我期待着一串晴朗的日子

## 独轮车与汽车

不要鄙弃
咱们滚辗的
是笨重的独轮车呀
但我们却是
迈着稳健而坚强的大踏步
从未片刻停息地
走在宽阔的大路上的
而我们的载负又比什么都重啦
你看那
　　汽车呀
　　那神气活现的驾驶者
颠颠倒倒地
　　在咱们后面掉远了　远了
它开一开　又停一停地
仿佛途中有什么妖怪迷惑了它呀
有时，它甚至倒转了车头
仿佛在来路上遗落了什么珍贵
　　需要去寻找一样
而我们底独轮车
　　已昂昂地前去了
满载着我们的意志和愿望啊

## "二尺五"①

"二尺五"
——那灰色或草绿色的短衣
往昔，人们会厌恶着它
骂它是老虎的皮
但
　　如今谁都披上了它
　　——是怎样激动地披上了它呀
而且
　　在今天
　　在自由底道路上
　　在庄严的行列中
我们披着它
正骄傲地走着

## 他有愤怒

窒息在白色的房间里
让白色的纱布
包扎着
　　过去曾夸耀过力的
　　如今却成了断腕的胳膊
吊挂在自己的头颈上

---

① 湖北人俗称军服叫"二尺五"。——原注

已经三十天了

每天
每天的早晨和晚上
当白衣的小姐
　以纤细的手指
　轻轻地打开了他的伤口
他的粗黑的眉梢
就飞出了火花……

三十天了啊
他抱着半截残剩的
　伤口尚未愈合的胳膊
从没有过痛楚的呻吟
他永远沉默着

而当漫长的汽笛声透过纱窗
把动荡的声音播入白色的房间时
他乃跃下那涂着白色洋漆的铁床
愤愤地走向了防空洞

在防空洞的门口
他笔直了壮大的身子
倾斜着头
谛听着由空际窜来的仇敌的叫声
他捏紧了那只尚健在的拳头
　挺出了宽阔的胸脯

向着遥远的天际

——那隐约着丑恶的音响的天际

他要离地迎击上去

## 像太阳

像太阳

像太阳一样长久地照耀着大地

那热　那光　那力量

是不可能被抹灭的了

纵然有时

　　乌云遮暗了天空

　　雷雨使大地泥泞

但太阳

　　太阳却不会停歇地在吐射它辉煌的光芒

啊

希特勒

你人类的疯狗哟

你也妄想着吞食

地球上的太阳么

那么

我问你

你也知道

　　传说里的"蛇欲吞象"的故事么？

我要肯定地告诉你

那是绝对不可能的

那是千古以来的荒诞的传说啊

也正如太阳不可能被毁灭而死去一样

选自 1941 年《诗创作》第 5 期

## 山城小诗（组诗）

### 天　空

这儿的天空
老是那么阴惨而沉郁的
它如同一个受了极大欺侮的
孩子的脸——
那滚遍了眼眶的泪水……
要滴落了　又未落下哟……

### 雨天里

烂泥的路
一边是悬岩
一边是陡壁
我们挑着担子的
　　提着篮儿的
　　挟着大束报纸的　个个
　都把裤管儿高高卷起
让赤裸的腿子　踏落在深厚泥浆里

向前奔去……

而鼓着眼珠的汽车　从后面来了

我们惊惶地溅满一身泥

扑面而来的　我们也闪躲不及。

——我们倒没有什么埋怨啊

只是

　汽车上的先生们

却在不满意地笑着

　　"这些家伙

　　偏没一个跌下岩去！"


## 口　角


　　（在一张写字台前）

笔：别再磨难我了　吾爱

　你看我养育的孩子们一出去

　全被挖了心；


执笔人：哪里！哪里！

　有时不仅只砍了手和脚么

　有时不仅只拔了几根汗毛么


笔：但挖心的日子多着哩！

　（她顿足了）


执笔人……

　（他窘迫了

只好放下了笔
搔着脑袋）


笔：你想是不是？吾爱？
　　（她的态度和蔼了）


执笔人：（若有所悟似的）
　　现在科学发达了　即使
　　挖了心的人也可以好好地活着；
　　不信　你出去看看你的孩子吧
　　他们正在成长哩
　　（于是，不由分说的
　　他又拥抱着她了）


笔：该死的　你真有狠！
　　（她无可奈何了）


（……一片粗暴的笑声……）


## 擦皮鞋的人


黄色黑色的靴油他都有
而且都是黑人牌的啦
连擦皮鞋的刷子也有四五把哩
然而他却老是赤着一双足
摊开两条腿儿像八字
静坐在繁华道路的边旁

查听着行人的足音……

一九四一年在重庆

选自 1941 年《诗创作》第 6 期

# 化　铁

|作者简介|　　化铁（1925—2013），四川奉节（今重庆奉节）人，原名刘德馨。抗战期间开始诗歌创作。中华人民共和国成立后，曾在上海与梅志、罗洛、罗飞一起编《起点》文学杂志。著有《暴风雨岸然轰轰而至》等诗集。

## 请让我也来纪念我的母亲

但我的母亲却是愚蠢的。

她没有被染上诗人的金色的智慧，
也更没有梦想她的儿子在用诗篇纪念她。
——我的母亲
　是愚蠢的。

她是从另一个世界里爬出来；
从肥皂泡沫里爬出来

从浆硬的衣裳堆里爬出来
从富人们替她造好的窄门里爬出来
用她自己的那双粗糙而裂缝的佣人的手嗬！
我的母亲。

她还从战争的这头到那头里，
用她农民的纯朴想念已往；
向她的儿子诉说一些诚恳的废话。
但同她共度那些岁月的儿子
    却不得不走了。
——她应该痛哭流涕吗，
嗬，
    我的可怜的
        伟大的
    母亲？

怎能不痛哭流涕呢？
那应该痛哭流涕的
    太多了呀，

昨天，
她给我来信说：——

    百物高涨。
    但这里并没有什么人能欺侮我，
    我自己过活得很好。

你四舅昨天夜里独自跳江死了；
到第二天别人才把他捞起。

我哭着，又伤心着；
伤心着又哭着。

大家谁都知道他的仇人是谁，
邻人们都瞧着尸体，
没有人敢讲话。

……

请让我也来纪念我的母亲吧！
　（你古老的国土，
　你的人民的光辉呀，）
但她的唯一的儿子应该拿什么给她呢？

一九四二年七月九日夜
选自化铁：《暴雷雨岸然轰轰而至》，泥土社，1951 年


## 暴雷雨岸然轰轰而至


风走在前面，前面。

现在，云块搬动着。

从天的每个低沉乌暗的边际，
无穷尽的灰黑而狰狞的云块的轰响，
奔驰而来，
以一长列的保卫天底真实的铁甲列车
奔驰而来，
更压近地面，更压近地面，
以阴沉的面孔，压向贫苦的田庄，压向狂啸着的森林。
无穷尽的云块的搬动，云块的破裂，
奔驰而来，
从每个阴暗的角落里扯起狂风底挑战的旗帜。

风走在前面，前面，
向摇摆的绿色的稻子报着信，
向温驯的水牛底黄色大眼睛报着信，
向农民们报着信；

从破朽的茅草屋顶掠过，
揭去茅草，向里面的蓬着头发的结实而苦恼的农妇报着信，
向流着鼻涕的她的饥饿的儿子们报着信，

向山岭打着招呼，
向黑色的森林，使它发着欢乐的跃跳，
向河流报着信，
向正在河岸上搬运货物的赤裸的小伙子们报着信，
让浑浊的波浪追逐着波浪，

向一切它所爱着的东西报着信，

亲切地报着信，狂暴地报着信。……

于是
几根灼烧的电火突然攫了一下，夺去了天。
从急驶着的云的牙齿缝里迸出，照亮。

一列天之运煤的铁甲列车放倒了，
吓住胆小的女人们，
吓住正在关着窗户的富人们，
从地里爆裂出来，从天上轰响而来，
把完全愤怒了的黑色的沉重的云，压得更低，压得更低；

然后，雨
以它千万只颤栗的手指，
敲打着玻璃窗，
敲打着茅草篷，敲打着河边翻过来的船底，
敲打着还在杆子上悬挂着的飘动的旗帜，
花花花花，是冰冷的理智的手指，
是升华的人的甘露啊！

随后，一个大的破坏在地面开始了。

旧的脆弱的折断在风的急浪里，
山洪从地里爆发，响应，
河流崩溃，
古老的房屋摇动，吱吱地响了——
让地主们从被窝里伸出头来，想着他的谷仓。

好呀，一个大的破坏在地面行进！

喏，喏！
暴雷雨不过是一次酷热的结果；
沉闷的电子磨着牙齿，
轻快的雨粒和雨粒的碰击，
原是从地面升起，
现在从天际蜂拥奔驶而来。

喏，喏！
在暴风雨的后面原还有温暖的像海水一样的蓝天，
还有拖长着身体的柔美的白云，
还有雀鸟。
还有太阳的黄金。

选自 1946 年《希望》第 1 卷第 2 期

# 黄友凡

| 作者简介 |　黄友凡（1917—　），四川阆中人，别名黄自元、黄天修，笔名老粗。1938 年加入中国共产党，主要作品见于《新华日报》等。中华人民共和国成立后，曾任重庆市委宣传部部长、市社科联主席等职。著有《巴松诗歌集》《回忆与怀念》《盛世歌吟》等。

## 日子啷格活？（组诗）

### 苦日子

农人生活硬是苦
四季耕作无寒暑
红苕洋芋打断顿
身上穿的破烂补
人又背时病又多
债主上门要话说
拖儿带女七八口

这个日子啷格活

## 多灾多难

中国农村多灾难
水灾蝗灾和天旱
千万人民遭饥馑
草根树皮都挖断
还有兵灾才叫深
又出钱粮又拉丁
兵到之处像大火
百姓几个能生存

## 翻身要除迷信

人不读书知识浅
专信菩萨和神仙
节衣缩食全不顾
买香买烛去朝山
科学世界哪有神
命运操之在各人
要想翻身日子好
破除迷信才得行

## 读书不受骗

工人农人不识墨

大字小字认不得

写信要去请帮手

票子一千当五百

不管工农商学兵

大家都要读书文

懂得字墨不受骗

万啥事情做得成

选自 1946 年《活路》第 1 期，署名老粗

## 四川农民对口曲

李：张大哥，坐下来听我说！

　　这几天乡下催粮振得没奈何，

　　委员如狼虎，

　　身背硬家伙，

　　凶神恶煞，家家户户

　　恨倒要交谷！

　　王家山有个王寡母，

　　八石薄田

　　硬喊要交四石五斗谷，

　　儿子关了监，

　　妈也服了毒，

　　家破人亡，惨惨凄凄，

真真叫刮毒。


张：李老二，
　　我不懂这是啥理性？
　　免征粮谷，
　　当今主席不是有命令？
　　今年闹饥荒，
　　啥子都吃尽，
　　出尔反尔，不顾死活，
　　难道没人心？


　　听说是
　　各地方又在打内战，
　　征粮谷
　　莫非就是拿去当本钱，
　　榨你血和汗，
　　跟你造灾难，
　　这个办法，伤天害理，
　　我可不能干。


李：张大哥！
　　你说的一点也不错，
　　庄稼人受尽了苦难，
　　大家要生活，
　　要粮可没有，
　　穷命多又多，

一致起来，反对内战

才能享安乐。

选自 1946 年 12 月 4 日《新华日报》第 4 版，署名王二黑

# 冀 汸

| 作者简介 |　　冀汸（1918—2013），湖北天门人，生于印度尼西亚爪哇岛，原名陈性忠，笔名冀汸、吉父、凌恒、文仪珠等。1940 年 10 月下旬到达重庆，曾与邹荻帆等人合编诗刊《诗垦地》。1945 年在重庆参加中华全国文艺界抗敌协会。1947 年毕业于复旦大学历史系。中华人民共和国成立后，曾做过文艺编辑和行政工作。1955 年受"胡风反革命集团"案牵连，平反后被安排到浙江省文联工作，后任中国作协浙江分会副主席。著有诗集《跃动的夜》《有翅膀的》《没有休止符的情歌》《灌木年轮》，长篇小说《走夜路的人们》《这里没有冬天》《故园风雨》，回忆录《血色流年》等。

## 夏 日

一

好的，白得耀眼的阳光
好的，绿的田野　绿的森林

绿得像金属的沉淀物　像钻石……
那朝一面方向流动的风
流得是这么平静，
那早熟的玉蜀黍　高粱
在风里
像大地伸出的无数只臂膀
为了欢迎这日子
而摇摆着结实的手掌
那红的花　黄的花　粉白的花
犹是千千万万的火炬在闪动哟

这是如何地可喜呵
我们有了这一天！

这一天
是希望成熟的日子
是辛劳结果的日子
是自己报偿自己的日子
是发笑的日子

让我们这样地走出我们的草房
带着像田野这般宽阔
　　像泥土这般朴素
一份真实的愉快走出草房
戴过两年了的
藏在连绵的秋雨天发过霉的宽边草帽
压在我的头上

阳光　好阳光

照射着我的没有披衣服的身上

好像我就是传说里的人物

要在一团永远不息的火焰里

烧成一身紫铜……

我含着竹根的旱烟斗

多少年来

被我的粗糙的手掌摸着的烟斗

已变得红润有如紫玉了

多少年来

烟斗已经是我的不可分离的伴侣

现在　也像一些日子里一样

我熟悉地一边吸着一边走……


二


这真是太好了

昨天拔起的莠草

现在已经枯萎

躺在夏日的阳光下

像躺在严霜里一样

它的野性的惯于侵害的生机死灭了。

棉田里的棉荚

现在已经裂开

棉花的纤维

毫无拘束地膨胀着

在这日子里

它要完全裸露出来

你看　你看

这是如何纯洁的白色呀

瓜地里

面瓜　胡瓜　还有紫色的茄子

一个个都胖起来了

这么圆　这么有光彩，

荞麦花

开在贫瘠的斜坡上

　　人们认为最没有出息的土地上

然而也是如此的灿烂，

豇豆比昨天长得更长了，

野玫瑰比昨天红得更美……


稻田呵　浅草平铺的稻田呵

昨日的雨水装满了

盈盈的如少女含情的眼睛

不知事故地凝望着

等待那一个秘密的希望到来，

而希望已经从里面生长起来了呀——

嫩绿的稻秧

新鲜活泼的稻秧

像有着丰富的乳浆养育着的孩子

一天比一天壮健

一天比一天壮健呀！

看着这些

我不由地做了秋天的黄金色的梦：

那饱满的颗粒

那透熟的香味……

我将怎样举起第一束稻穗

第一次把它摔向谷仓？

那谷子洒落在仓底的连珠似的声音

在我的心里

将变成一些怎样难得领略的欢喜？……

呵！这真是太美丽！


桑园里

这么多低矮的桑树

桑叶采完了又发了芽

撑住这火一样的阳光

给草地上画上一些飘动的图案，

一只大公牛在树下的草地上睡觉

很舒服地它蜷着腿

它的脖子和肚皮紧贴着清凉的地面

它的粗大的呼吸这么平匀

它的嘴角里流着涎

桑叶的影子在它背上轻轻抚摸

蝉子在树上为它唱催眠歌……

它睡得这么甜呵

它睡的姿态是这样美！


蝉子在树上唱歌

悠长而颤动的声音

像这静静的风一般的清凉，

这么多　难得数清的树呵
比树还要多过千万倍的歌声呵
伴随着一阵好风吹来的时候
我简直晕眩了
我简直觉得这是树枝发出的声音
　　　　　树叶发出的声音……
呵！我们该怎样骄傲我们的日子
我们有了如此多的响树呀！


那很远很远的地方
还有许多声音——
溪流的声音
鸟的声音
小孩子的声音……


这真是太好了
我们应该感谢这阳光呵！


三


是的，还要想一想
　这日子是怎样来的？
你该记得
那土地冻结的日子
那灰暗的没有光彩的日子
那植物枯槁的日子　动物颤抖的日子
这原野是如何的死寂　荒凉呀！

我们缩在土房子里

紧闭着门扉

围坐在多烟的松柴火前

听着北风用永远同一的声音

　　诉说着季节的痛苦

听着乌鸦反复无休地

　　叫着饥饿与严寒

我们想到　又仔细地安排着

　　一个春耕……


从我们的食粮中

节省下来当作种子

从我们燃烧的柴草里

节省下来作牛马的饲料

还要给我们的鸡　猪仔

准备足够这些日子的糟糠


每天清早

雾气迷漫的清早

寒霜累结的清早

我们就离开

为我们所不愿意离开的温暖的草床

带着钉耙和簸箕出去

寻找畜生们昨夜遗下的粪便

　　　　　　　　　　我们的肥料

你想一想

那些日子里

我们是怎样焦急地等待着
太阳从南方回来……

## 四

然而，在今天
我们并不能停止我们的辛劳呀！
你看，我们的庄稼
它们都还等待着我们
它们颠着头　招着手
要我们来……
它们这样小　这样嫩绿
它们距离黄金色的日子还是很远很远

对于我们的庄稼　也像
对于我们的孩子一样
我们是热爱得没有疲倦的
对于我们的庄稼　也像
对于我们的孩子一样
我们是决不吝惜我们的辛劳的
我们是要怎样
能使我们的孩子长得壮大
　　我们的庄稼长得好呵！
我们能有这一天
是从多少白昼的汗水里
是从多少夜晚不眠的焦虑里得来的
这一天　是非常不容易不容易的呀！

我们还有什么理由

不用我们生命的全力

和我们灵魂深处的热望

好好地来保护我们的稻子

不叫它饥渴　而且

让一切的绿色都晒到好太阳

最后让我们看看

它们都开了花　都结了果

一齐步入那黄金色的日子里


到了那一天

让我们再说一遍：

　　这是希望成熟的日子

　　　　　　辛劳结果的日子

　　　　　　自己报偿自己的日子

　　　　　　发笑的日子


到了那一天

看有那一个狂妄者

敢奔向我们的面前说：

　　　　"放下你的镰刀"?


……


好呵！这日子

好呵！这阳光

现在我的心里是愉快又清凉

我一点也不觉得炎热……

请你不要笑我

已经满头大汗　满身大汗

我还要同我的伴侣——

　　我的红润有如紫玉的烟斗

走到我的田野里去……

四一年夏在，西水乡

选自 1942 年《创作月刊》第 1 卷第 1 期

## 季候风（组诗）

### 鹰

你平展着翅膀

你吐出圆珠的声音

你不倦地

在这低沉沉的天空里

画着圆圈……

你在寻找什么呢

虫儿在洞里

种子在土里

花朵在希望里呀

小鸡　小鸟
还没有出世
燕子同太阳在一起
也还没有回来呀

潭水深沉得发暗
溪河还没有放歌呀

寂寞呀
没有谁来和你比翼
你
独个儿飞
独个儿唱
还要熬过多少时光

四一年，冬。

## 笋　芽

这压雪的竹丛呵
今天
我看见
银光的雪地
露出了小黑点
圆锥形……
呵，笋芽出土了

尽管积雪尚未融解

尽管北风还摇落着霜花

尽管温暖的梦

仍旧囤积在炉火之旁

但我确信你

你已经听到了阳光的呼唤

你已经预约好了

一个季节的鸟语花香

由于你的出现

我是这么愉快地知道了呵

我这个衣单被薄孤零零的浪子

再不用长久长久地缩手缩脚……


我的心

像旋飞的轮子

急速地在转动呀

我一定要看着你

高高地站起来

当着光辉而美好的时日

脱下笨重的箨皮

爆发开宝石一般晶莹的绿色

那时候

盲人来折你一枝

当作手杖

添一分幸福在他寂寞的旅行囊

孩子来折你一枝

做成短笛

吹出复活了的原野的牧歌

我也会分享一个

像燕子高翔的日子

像河流奔跃的日子

我有一个称心快意写诗的日子


四一年，冬。


## 白 鹭


永恒的蓝天

是永恒的广阔

永恒的自由自在……

云块是装饰天空的花朵

风是忠实于翅膀的


披着雪一样的羽翎

雪一样的飘着呵

你们飞


四二年，早春。


## 炊 烟


追踪鸟的翅膀

追踪季候风

炊烟呵

漫过山

漫遇田野

漫到河那边去……


我好像看见——

泥土在溶解

河流在汽化

山崖在升华


四二，三，二十。


## 榴　花


血一样的鲜丽

火一般的亮

青枝与绿叶

有了战斗过来的骄傲

佩挂了英雄的勋章


和标枪上的缨络比一比

和号角上的流苏比一比

和飘飞在天空的旗帜比一比

和小姑娘的圆脸比一比……

呵，你们都红得一样美丽


四二年，五月十一日。

选自 1941 年《诗垦地》丛刊第 4 期

# 生　命

　　——写在一九四五年十二月，写在雾重庆，写的是我
对于南方底死者的沉重的悼念。


没有一滴葡萄酒
没有发光


没有反叛者底号召
一声呼啸，四野都是回响
没有燎原的火
一星爆炸，便成猛烈的泛滥的燃烧
没有一把即使万分迟钝的匕首
和疯狂者作五步以内的决斗
我们都是徒手……


生命呵，生命呵
在今天，在中国
没有更多的期求——
能够唱歌最好
能够大声哭泣也好
能够骄傲地活着最好
能够不屈地死去也好


选自 1946 年《希望》第 1 卷第 4 期

# 江　村

｜作者简介｜　江村（1917—1944），江苏南通人，本名江蕴端，著名表演艺术家、诗人。1936 年考入国立戏剧专科学校。全面抗战爆发后，随校内迁至重庆，参加上海业余剧人协会、中国万岁剧团等戏剧团体，主演过《国家至上》《棠棣之花》《虎符》《大雷雨》《北京人》等话剧，1944 年病逝。诗歌作品散见于《国民公报》《新蜀报》《文艺月刊》《文学月报》等。

## 灰色的囚衣

雾
灰黯而浓重的雾
迷漫在秋林，迷漫在山谷，
像一幅苍白的纱幕
荫蔽了凋零，残朽的景物。

天

板着死灰的脸，
挂下绵绵的雨丝；
像无数根铁柱
围成了人间的囚室。
雨声
滴出深深的烦厌
像一个年老的狱吏
叨叨地吐着怨言。

葱郁的茂林晦暗了，
碧绿的山岩霉湿了。
旷阔的田野
在死寂的雾层里层层地睡了。

生活在山国的人民，
坚强地
在苦难里熬煎！
千万颗赤热的心
是千万只想望自由的鸟
它将突破这灰色的笼啊！

······
······

但
太阳，这山国美丽的稀客，
将用她千万支纤长的金手

撩起这人间灰色的囚衣！

一九四〇年冬，山国

选自 1940 年 12 月 7 日《新蜀报》副刊《蜀道》

## 旷野的悒郁

一

旷野是悒郁的……

山峦
像一个衰颓的老人
用黄黯而枯涩的目光
默默地凝视着：
沉思着的灰白的天空
僵卧着的褐色的旷野
和星散的孤冷的村庄。

风
狂野地洗过大地，
要舐噬一切青色的生命：
河流低语
倾吐着
老人

愁苦染白他的须发了，

岁月的艰辛

在焦黄的额上

走下深深的足痕，

那被生活压弯了的脊背

是一枝枯朽的古木

不知在哪阵寒风里

将要折断了！

可是

从每一个清晨到黑夜

从每一个温暖的春季

到怆凉的冬日，

他始终是一只忠于季节的候鸟

虔诚地

在他生长的土地里

生活在旷野里的人民的忧伤……


二


旷野里

人们的生命

扎根在久远的苦难里，

生活的艰辛

是一根无形的铁索

勒死了人们底心。

埋下

　　希望，

汗滴，

生命，

和谷物的种籽……


在广阔而无言的大地上

他永远像一只褪了毛的老牛

虔诚地服役着

——他觉得辛劳是自己的本分，

头发从浓黑变到稀白了

为自己

为子孙

他希望过什么呢……


三


那匍伏在旷野上

有着忧郁的赭色的土屋呵，

像一堆一堆

被人遗忘了的古荒的墓茔

埋葬着

旷野人民的灾难和苦辛……


在黝黯的屋角

依着霉湿的墙壁

一架残缺的耕犁

仍旧发着苍白的光，

和它的主人一样

自己的青春已献给了土地
还要把朽老的躯体
作最后的奠祭。


一座沾灰的机杼
已折断了脊骨
它织去了
多少村女的寂寞的青春呵！
可是
当钢铁
在遥远的城市
歌唱起来的时候，
它微弱的声音
喑哑了！


在低矮的茅檐下
衰老的农妇，
在编织麻丝，
白色的头布
包裹着稀疏的灰发，
焦褐色的脸
像一个干皱了的番薯；
僵硬的手指
颤抖地挑分着麻叶，
眯着昏花的眼
细心而缓慢地
编织她暮年的期望和生路……

## 四

赶集的日子。


在晦暗的生涯里萎缩了的心
又开始勃动了。
平日的苦辛和劳力
今天
换取一次交易的欢喜。


村路
平日像巨长的死蛇
寂寂地
僵卧着褐色的尸体,
今天
蠕动了——
汹涌着人的流
奔淌向镇上的市集。


狭窄的小镇市;
汇成了人的海
澎湃着叫卖潮汐,
浮动春草笠的船只。


篮碰着篮
筐挤着筐

膀臂擦着膀臂

佝偻着背脊的农妇


费力地搬动着摇晃的脚步，

背了一只庞大而破的竹筐

盛满了

红色的橘子

青色的柿

和细嫩的萝卜。

（田地里）

年青的孩子已在献出稚幼的劳力

市场上

（也该有未成熟的产物）


小孩子

（缠绕着白头布）

紧跟着

挑着担子的祖父，

小眼睛惊心地

盯守住老人后边的货物。


"永盛布庄"

朱红的字褪色了

招牌的角上

还绊着蛛网呢！

橱架里

陈列的布匹为什么烟黄了呢？

——时间洗去它们的清新了。


老人皱起了眉
想起家里沉默了的机杼：
（东洋人真坏）
叫土布
渡不了黄河
飞不到海外，
红色的
绿色的
香烟的广告更炫煌了
老人呆住了红烂的眼睛；
英商　老刀牌
英商　小大英……


老人低下头
看看自己筐里的褐色的土烟草，
褐色的脸
染上了阴郁的暗影……


五


碉堡
是灾难的土地的疮疤呵！


在火秃的山岗上
圮毁的躯体

顽强地
抗拒着旷野的雨雪；
在年代的风霜里
它看见
多少灾难的脚迹
踩过山国的土地啊！

古往
那忠愚的奴仆
威武地执着枪支，
在碉堡里
替山寨的庄主
伺防着
从饥馑中疯狂的叛徒……

今天
在古碉堡前
挺立着的
是在祖国的招喊中
站起来的
大地所哺育的孩子呵！

穿着草绿色的戎装，
背着为正义服役的刀枪，
守卫着自己的营房。

东天才吐出鱼白的光，

操练的呼声

震醒了旷野，

震醒了熟睡的田庄，

震醒了沉默的山岗。


早晨的太阳

染红了古碉堡，

染红了哨兵的帽章，

染红了他的刺刀

　　耀射着骄傲的光芒。


## 六


旷野是悒郁的


冬季的旷野

更是悒郁了……


雾

迷蒙住田舍

迷蒙住村落；

是黑夜

在旷野扫过

扬起的尘土呵！


选自 1941 年 3 月 18 日《国民公报》副刊《文群》

# 康白情

| 作者简介 |　　康白情（1896—1959），四川安岳人，字洪章，笔名白情、康洪章等。1916 年入北京大学读书。1918 年底和傅斯年、罗家伦等人组织新潮社。1919 年 3 月开始在《新潮》月刊发表新诗作品，同年参加少年中国学会，创办《少年中国》月刊。1920 年大学毕业后，赴美留学。中华人民共和国成立后，先后在中山大学、华南师院担任教授。其新诗作品多发表在《新青年》、《晨报》副刊、《新潮》月刊、《少年中国》等报刊上。著有诗集《草儿》《河上集》《草儿在前》等。

## 牛

草儿在前，

鞭儿在后，

那喘吁吁的耕牛，

正担着犁鸢，

眍着白眼，

带水拖泥，

在那里"一东二冬"的走。

"呼！——呼！……"

"牛呀，你不要叹气。

快犁快犁，

我把草儿给你。"

"呼！——呼！……"

"牛呀，快犁快犁。

你还要叹气，

我把鞭儿抽你。"

牛呵！——

人呵！

草儿在前，

鞭儿在后。

选自 1919 年《新潮》第 1 卷 4 期

## 太平洋上飓风

黄云拥着太阳；

黑绿的水吹着白浪。

万顷，十万顷，百千万顷零零落落的波涛都怒掀掀地挤着，

推着，嚷着，要争把太阳吞在肚里。

太阳却只高抽抽地冷笑着，斜盼着他们吹气。

他们上上下下地辉映出一道掠眼的银光。

哦！天垮下来了；

海倒立起去了；

人都腾在半空里了！

海鸟却一个两个，两个三个，起起落落地挨着浪花飞旋。

但是，海鸟呵！海鸟呵！

你今夜宿在那里？

一九二零年十二月二日于乃路船上。

选自1921年《少年中国》第2卷第8期

## 送慕韩往巴黎

慕韩，我来送你来了！

这细雨沾尘

正是送客的天气。

这样的风波——

我很舍不得你去；

但我并没有丝毫的意思留你。

你看更险恶的太平洋，

其实再平静的没有！

朦胧的日色

照散了漫江的烟雾。

但我觉得这世界还是黑沉沉地。

慕韩，我愿你多带些光明回来；

也愿你多带些光明出去。

听呵！——

这汽船快就要叫了！

她叫了出来

她就要开去；

我们叫了出来

我们就要做去。

慕韩，你去了？——

我也要去了！

八年八月二十五日。

选自 1919 年《少年中国》第 1 卷第 3 期


# 江　南


一


只是雪不大了，

颜色还染得鲜艳。

赭白的山，

油碧的水，

佛头青的胡豆土，

橘儿担着；

驴儿赶着；

蓝袄儿穿着；

板桥儿给他们过着。

二

赤的是枫叶，
黄的是茨叶，
白成一片的是落叶。
坡下一个绿衣绿帽的邮差，
撑着一把绿伞，——走着。
坡上踞着一个老婆子，
围着一块蓝围腰。
侉侉地砍得柴响。

三

柳桩上拴着两条大水牛。
茅屋都铺得不现草色了。
一个很轻巧的老姑娘
端着一个撮箕，
蒙着一张花帕子。
背后十来只小鹅
都张着些红嘴，
跟着她，叫着。
颜色还染得鲜艳，
只是雪不大了。

二〇，二，四，在沪宁路车中。

选自 1920 年《少年中国》第 1 卷第 9 期

# 晚　晴

大风雹过去了。

世界全笑了。

天安门外陡呈满天地庄严的颜色。

红日从西北角上射过来，

偌大一块蓝玉都给她烤透了。

群众五万人能容底地上斜返出花花路路的红影子。

红脸红手的兵，带着红帽子，很严肃地在红影子上排立着。

四围红墙黄瓦，红楼绿瓦，都端端正正地对着西北角上的红日放光。

东长安街花牌坊上却拖出两道很长很长的彩虹，圆接着正阳门上的大城楼。

沿路合欢花底红冠都给北京电灯公司烟囱上的金烟镀成赤金色了。

哦夥！世界全笑了！

大风雹过去了！


这些景样样都不错。

上帝送我，

我应该怎么样做？

六月二十七日，北京

选自康白情：《草儿》，亚东图书馆，1922 年

## 别少年中国

黄浦江呀！
你的水流得好急呵！
慢流一点儿不好么？
我要回看我的少年中国呵！

黄浦江呀！
你不还是六月八日的黄浦江么？
前一回我入口；
这一回我出口。
当我离开日本回来的时候，
从海上回望三岛，
我只看见黑的，青的，翠的，
我很舍不得她，
我连声背出几句
"山川相缪，
郁乎苍苍。"
直等我西尽黄海，
平览到我的少年中国，
我才看见碧绿和软红相间的，
我的脉管里充满了狂跳，
我又不禁背出几句
"江南草长，

群莺乱飞。"

黄浦江呀！
你不还是六月八日的黄浦江么？
今天我回望我的少年中国，
她还是碧绿和软红相间的，
只眉宇间横满了一股秋气，
——"袅袅兮秋风，
洞庭波兮木叶下。"——
你黄浦江里含得有汨罗江里的血滴么？
少年中国呀！
我要和你远别了。
我要和你短别五六年——
知道我们五六年后相见还相识么？
我更怎么能不禁背出几句
"对此茫茫，
百感交集！"

我乐得登在甲板的尾上
酬我青春的泪
对你们辞行：
我的少年中国呀！
愿我五六年后回来
你更成我理想的少年中国！
我的兄弟姊妹们呀！
愿我五六年后回来
你们更成我理想的中国少年！

我的妈呀！
我的婆呀！
愿我把我青春的泪
染你们的白发，
愿我五六年后回来
摩挲你们青春的发呵！

九月二十八日，支那船上

选自康白情：《草儿》，亚东图书馆，1922 年

# 老 舍

|作者简介| 　老舍（1899—1966），北京人，原名舒庆春，字舍予。1917 年毕业于北京师范学校。1924 年赴英国，在伦敦大学东方学院任中文讲师，并进行文学创作。1930 年回国，先后在齐鲁大学、山东大学任教。抗战期间，曾主持中华全国文艺界抗敌协会工作。抗战胜利后，赴美国讲学。中华人民共和国成立后，曾任北京市文联副主席、中国作协副主席等职。著有短篇小说集《微神集》《月牙集》，中长篇小说《猫城记》《赵子曰》《二马》《离婚》《骆驼祥子》《四世同堂》《我这一辈子》《正红旗下》《鼓书艺人》，散文集《老舍幽默集》《我热爱新北京》，剧本《龙须沟》《茶馆》，长诗《剑北篇》，论文集《老牛破车》《出口成章》等。著述收入《老舍全集》。

## 成渝路上（存目）

# 李华飞

|作者简介|　　李华飞（1914—1998），四川巴县（今重庆巴南区）人，原名李明诚，笔名蜀旅、梅龄、花飞、淑侣、巴城等。1935年秋在东京《诗歌》上发表歌颂红军长征的诗《渡洪江》。1937年，毕业于日本早稻田大学。在日本读书时，参加过蒲风等人主持的东京诗歌社，吴天、任白戈等人主持的东京戏剧社等。抗战前夕回国，先后参加中国诗歌作者协会、中国青年作家协会、中华全国文艺界抗敌协会等。著有诗集《归来者心曲》《一株海草》《八大行星之外》等。主要作品收入《李华飞文集》。

## 驾起你的航帆吧

铁弧上的笛鸣一声声拖长了
不甘寂寞的异乡人
驾起你征途的航帆吧

我愿是辽阔蓝天的星辰

与陡峭的峡谷千万年相望
传递着谁也不懂的语言
甚至花枝招展的插曲
用撒谎的感官
攀登星点的图像

我愿是交臂空洞的盲汉
与细纤的竹杖朝夕相依靠
诅咒着谁也难解的矛盾
甚至落叶枯零的孤单
用尘埃的飞扬
装饰细小的触角

我愿是热带海滩的贝壳
与透明的珊瑚编织起遐想
跳跃着生死反复的舞蹈
甚至粉身碎骨的厄运
用不朽的香杉
雕刻精致的方舟

我愿是团团红火的枫树
与凋败的秋草一同萧索
默诵着浴血春光的颂辞
甚至粗犷纵情的拥抱
用蠕动的嘴唇
俘虏羞涩的遗嘱……

我独身凝视昆明池的涟漪

为舒口胸中郁郁之气

用邮票换取病室的童话

窗外，驼铃一声声拖长了

不甘寂寞的人

驾起你征途的航帆吧

1935 年 2 月离平赴日前

选自李华飞：《一株海草》，重庆诗歌研究会编，1989 年

## 一株海草

它终年随着航海人的路线

从这个港湾又流到那个港湾

它承当过北寒带飘来的冰山

它游过太平洋的黑水蓝天

它曾饮过渤海湾里的黄人血

它曾见过地中海白人的骄奢

它曾向梵蒂岗教皇献诵虔诚

它曾听到马赛曲伴着刀枪声……

它虽是一株卑微的海草

更多的事情它也知道

它经历黑非洲遥望金字塔

法老的木乃伊裹着层层的热沙

不论是象牙海岸或黄金海岸

好望角殖民主义者的白旗翻

丛林里有虎狼吃孩子的惨叫

激起野蛮人弩箭的怒火燃烧

圣佛朗西斯哥对自由神掉泪

骗局的摆设掩不住纸醉金迷……

它虽是一株卑微的海草

更多的事情它也知道


海草跟着海潮奔流啊奔流

它碰着军舰上抛下许多尸首

它慰问被海葬的人亲切抚摩

仁慈皇主为啥不施灵丹救活

在对马海峡或甲午之役死亡

让妻儿兄妹献花环插一炷香

写进维新岛国的消散悲痛泣哭……

它虽是一株卑微的海草

更多的事情它也知道


看大东亚共荣圈沐猴而冠

荒凉的塘沽炮台起航着渔帆

一群群海鸥都失魄垂下翅膀

难道飞禽也懂热爱自己家乡

它窥视宇宙的运轨将有变化

探照灯日夜与星月比赛光华

战斗机每晨都从母舰上飞起

希特勒在作第二次冒险准备……

海草像化装演员做梦

躲向那儿那儿也有腥风

1935 年 8 月于房州。(此诗发表于 1936 年东京《文海》；1945 年收入《星群》(诗合集)——作者原注)

选自李华飞:《一株海草》，重庆诗歌研究会编，1989 年

## 我回来了，山城母亲

我回来了，山城母亲

你孕育我二十个冬春

经历过军阀百次混战

又饱尝大革命的血腥

我回来了，山城母亲

你开九门闭九门

盐锅七池去跑溜溜马

正月十五关着栅子烧龙灯

机房街六载朗朗诵书声

对"赤都"怀着无限深情

四年前的一个夏夜

为探索真理远行北平和东京

现在，我像一个时隐时现的晨星

带回满身风雨向母亲慰问

你原有的创伤治愈多少
正度着怎样的艰巨历程

那海棠溪上南山的梅岭
是否年年三月桃花伴忠魂
抬滑竿的轿夫如柴枯瘦
保长还诬他不该逃避当壮丁

那碧蓝的嘉陵江水不平静
装来一船荷枪的烟灰兵
押送着从华蓥山抓住的"土匪"
十几个被绳索绑的庄稼人

楠竹撑起的"吊脚楼"绕半城
楼下烂谷草堆里阴森森
住满挑水夫、野力夫、包车夫……
呻吟和病死占据了社会底层

较场坝电灯杆旁站"夜莺"
打扮得花枝招展拉行人
她们、她们从农村逃荒
菜色的脸上脂粉掩不住泪痕

土湾纱厂的黑烟飞升
进出病态的童工一大群
棉尘绞住肺叶尽咳嗽
回到篾笆折的屋里两脚伸……

我的母亲，四年后重返山城
面貌更苍老，创伤似犹新
那美丰、川盐几家银行巨厦
大亨们赌公债、申钞的电话响不停

商业场又来馆的捣娘在低吟
三味线灌得水兵醉薰薰
英、法、日军舰泊在王家沱龙门浩……
领事巷拱杆轿坐着高傲的西洋人

浮图关的李园枉有美景
禁止游客凭飞阁眺望嘉陵
她与渣滓洞是孪生弟兄
变成大独裁者宰杀的集中营……

满腔悲忿，清明去踏青
凭吊"三·三一"的烈士坟
旧仇没消新恨又涌起
扶着墓碑，怎不泪沾襟

我回来了，山城母亲
国土上阔步着豺狼的黑煞神
觉醒，只要掀起觉醒的怒涛
定能获得被恶魔掠夺了的光明

1937 年 5 月于重庆

选自李华飞：《一株海草》，重庆诗歌研究会编，1989 年

## 山城，在轰炸中屹立

我，跑过"溜溜马"的山城
天主堂钟楼发出悠悠的钟声
自从它变化了抗战"陪都"
像一个坚守老营的哨兵
数不清满载难民车辆
几乎从浮图关排拢杨家坪
俯瞰两条大江
滚滚东流去
迁川工厂日夜悬彩灯
旧货色涂脂抹粉
背街冷巷也繁荣
青红帮的好汉
三山五岳的大亨
贯耳尽是南腔北调
一锅啼饥号寒的难民
虽胜不过桃花江似美人窝
又何处能比雾重庆
诱降、逼和成泡影
汪伪粉墨登场在南京
宜昌的倭寇蠢蠢欲动
轰炸机飞越巫山千里云

不幸，不幸的五月三日

时近黄昏，警报报警

撕心裂肺汽笛鸣

男女老少发疯狂奔

躲街边、伏林下、钻洞子……

四十五架变成一字长蛇阵

山摇震，水沸腾

炸毁县庙街、三牌坊、储奇门

无头的尸体挂电线

残肢断腿喷血腥

颓墙瓦砾林森路

凄凉废墟少活人


五月四日

月色微明

大火！大火！大火！

烧夷弹落在临江门

上半城的天都映红了

鬼哭神号黑烟滚

为昨天死者超度的道士

火海里躺着尸身……

财物不要家也不要

扶老携幼过江将船都踩沉

愤怒烧干眼中泪

胸中仇恨把剑横

他们、她们

送子出征，送女出征

你炸，只炸死无辜的老百姓
傲岸的涂山怎么也炸不平

我，跑过"溜溜马"的山城
站在鹅岭望江心
一船船川粮运前线
一船船川军启航程
"生死已到最后关心"的晨歌队
唤醒了歌舞生平的大舞厅
我举起沾满硝烟的双手
拥抱着轰炸中屹立着的山城

1939 年 6 月于重庆山洞

选自李华飞：《一株海草》，重庆诗歌研究会编，1989 年

# 李开先

｜作者简介｜　李开先（1898—1936），四川隆昌人，原名李开中，字少庸。浅草社成员。1920 年考入北京大学英文班预科，后转入国文系学习。在校期间，参与浅草社的组织与活动，在《浅草》季刊等发表作品。抗战时期，曾在成都从事戏剧活动。

## 游什刹海

一

人都散了，
我却来游玩；
自然的图画呵，
只恁般孤寂的……

二

鲜艳的荷池，

换种了几亩稻田，

这果然是煞风景的事吗？

三

几株杨柳，

数点归鸦，

满田稻花，

一湾流水，

自然的图画中，

只多添了一个我。

四

杨柳梢头的落日，

待着些儿罢，

世界快要黄昏了。

五

娇羞的月儿，

你为什么总把面纱蒙着？

请你睁开眼看看世人罢！

六

月明中的稻花香气，

究竟敌不住马路上的车马之声。

图画呵！

你白费了一番描写！

一九二二，六月六日。

选自 1922 年 8 月 20 日《晨报副刊》

## 寂寞的深夜

不见素月的晶莹，

天是这般沉闷；

只些微散缀几颗寒星，

装点夜来幽静。

同泪眼一样的模糊，

闪烁而又昏蒙；

同心芒一样的怔忡，

飘流而又浮动。

柳条瘦得一丝丝的了，

还是那样的头角峥嵘；

那儿有古代的溪桥，

那儿有静止的寒冰。

在杨柳溪边彷徨，

在森冷桥头踯躅，

在星光之下高歌，

在寒冰之上凝注。


泪珠灌溉了愁湖，

歌声填满了愁窟，

只这样的高歌，

只这样的哀哭。


血一样的红霞，

是鲜艳的泪的梅花，

向着那刚起的月华，

花瓣般的流洒。


只有月儿知道，

梅花花瓣的飘摇；

只有月儿知道，

优美梅花的曲调。


银一般的世界，

雪一般的悲哀；

歌唱者的徘徊，

流浪人的大海。


大海涌着苦恼的波纹，

浪人鼓飞着桡歌前进；

他不要别人的听闻，

他不要别人的慰问。

孤独是他的情人，
寂寞同他密吻；
究竟不算寂寞呵，
还有温存黑影。

多谢黑影的温存，
用无人听闻的歌声，
桡桨拨开了细细的浪纹，
梅花的调子终于前进。

血的红霞愈是鲜明，
泪的歌声愈益飞迸；
素月是这样的晶莹，
深夜是这样的幽静。

一九二三，十，二五。晚步北河沿
选自 1924 年 2 月 19 日《文艺周刊》第 21 期